Realität im Umbruch
Tod und Lebe

Tränen

Ich huste schmerzhaft. Und sauge die Luft ein. Was sich unheimlich schwer anfühlt Ich liege einige Sekunden mit geschlossenen Augen einfach nur da und atme. Schliesslich öffne ich die Augen und sehe eine rissige Decke aus der einige Brocken schon heruntergefallen sind. Ich versuche mich aufzurichten um einen besseren Blick auf das zu bekommen was da auf meinem Bauch liegt. Wo bin ich. Was ist geschehen, wieso ist alles so zerstört. Doch als ich mich aufzurichten versuche merke ich das ich meinen Linken arm irgendwie nicht fühle, was seltsam ist da mir ansonsten alles weh tut. Ich neige meinen Kopf nach links und sehe dort wo mein linker Arm sein sollte nur ein fleischiges etwas das unter einem Stein hervorschaut. Da fällt mir auf einmal alles wieder ein. Und ich setze mich erschrocken auf. Dann schaue ich nach unten, und da liegt sie. Torcena. Ich spüre einen Stich der Stich weitet sich aus als ich mit meiner linken Hand ich Gesicht anhebe. Und der Stich wird zu einem endlosen Loch als ich in ihre leblosen Augen blicke. Ich beginne zu zittern. Meine Augen fangen an zu brennen, doch es kommen keine Tränen. Nachdem ich mich ein wenig gefangen habe hebe ich sie an und gebe ihr einen letzten Kuss.
Und halte sie.

Nachdem eine Weile vergangen ist die sich wie einige Sekunden anfühlten jedoch eine Ewigkeit sein mussten umschlinge ich sie fest mit meinem verbliebenen Arm. Und stehe auf. Ich lege sie auf den Boden wo es keine Steine hatte und schliesse ihre Augen. Ich falle auf die Knie. Streiche sanft über ihr Künstliches Langes Blaues Haar und ihren Körper der vollständig aus einem frei formbaren Stoff besteht. Schliesslich stehe ich auf und schaue mich um. Überall Leichen, ich versuche mich zu erinnern. Dringe in die Gedanken meines dritten Ichs dem Dämon ein um etwas herauszufinden. Dann finde ich es, durch das Geschrei der Leute dem zerreissen von Haut und dem umwerfenden Duft von zerstörten Leibern entdecke ich was ich suchte. Den Ort an dem mein bester Freund, ja er war sogar so etwas wie mein Bruder, gestorben ist. Ich gehe voran. Über dem Stummel an meinem Linken arm hat sich eine weissliche Schicht gebildet die mich daran hindert zu verbluten, wie auch auf allen anderen Wunden die ich zurzeit auf mir Trage. Nach einigen Minuten stummen Wanderns durch den Komplex von dem nur manchmal das fallen eines Steins widerhallt komme ich zu ihm. Ich schaue ihn an. Er hat etliche Wunden. Viele davon hätten einen gestandenen Mann alleine umgebracht. Ich lächle, als ich daran denke wie absurd unsere Existenz doch ist. Ein Übermensch wenigstens körperlich, doch emotional ebenso verwundbar wie jeder andere. Nun ist er tot, doch nicht die Wunden haben ihn umgebracht es war eine Art Gas. Nun ich hätte auch daran sterben sollen, doch ich war es ja der das alles gemacht hat. Also mein schizophrenes Gegenüber. Nun ich sollte nicht sterben. Doch alles was

ich geliebt habe und alles wofür ich gelebt habe ist tot. Und ich lächle über die Absurdität des Ganzen. Nun was bleibt mir anderes übrig. Denke ich und knie mich neben meinen Bruder. Ich strecke meinen Arm aus und löse seine Hände die um seinen Blau angelaufenen Hals geklammert sind und lege sie sanft neben ihn. Die Leichenstarre ist wohl schon wieder abgeflaut. Und die Leichenflecke sind schon gekommen. Ein unschöner Anblick. Den muss er ja nicht mehr erleben. Denke ich und schliesse seine Augen. Danach gehe ich zu einem der Fenster von denen aus man einen schönen Blick auf die eigentliche Torcena werfen konnte. Nun schön ist der Anblick nicht mehr muss ich erkennen. Der Tank in dem ursprünglich ihr Gehirn schwamm, das aus meinen eigenen Gehirnzellen herangewachsen ist, ist nun nicht mehr von verschiedenen schönen Blautönen bis hin zu der Grauen Hirnmasse gefärbt. Es ist nur noch eine dreckige Masse von einzelnen Klumpen die Tot und verlassen in einer schmutzig braunen Flüssigkeit herumschwimmen. *Das ist also das Ende?* Denke ich und schaue traurig nach unten. Als ich auf einmal ein Seltsames Geräusch höre. Es kommt von weiter vorne. Von dem Lift. Aber der Lift kann nicht in Betrieb sein. Das ist unmöglich. Ich kriege Angst, kindliche, panische Angst. Ohne jeglichen Grund und Erklärung. Doch dann beisse ich mir auf die Zunge und laufe auf den Lift zu. Als ich vor ihm ankomme. Höre ich Stimmen. „Hallo? Lebt hier noch jemand?" sagt die erste. „Hör auf John, wir sind jetzt gut seit einer Woche daran uns nach unten zu kämpfen, da lebt niemand mehr das riechst du doch auch." Erwidert die zweite.
Da trifft es mich. Ich blicke mich um. Und ja ich bin von

verrottenden Leichen umgeben ich habe es einfach verdrängt. Doch jetzt als ich mir das Bild von Dennis noch einmal in Erinnerung rufe. Kriege ich einen Schock. Käfer die aus den Augenhöhlen kriechen. Sich zersetzendes Fleisch. Wie habe ich das einfach übersehen können. Und ich blicke um mich. Und die Leichen beginnen sich vor meinen Augen zu bewegen. Sie richten sich auf und stöhnen. „MÖÖRDER, MÖÖRDER" Ich renne auf den Lift zu und werfe die Leichen die sich vor ihm aufgetürmt hatten im Versuch herauszukommen weg. Und dann hämmere ich mit voller Wucht auf die Stahltür. Und schreie. „Hilfe, bitte helft mir sie kommen um mich zu holen. Die Leichen die Leichen, sie leben."

Da höre ich auf der anderen Seite einen Panischen Aufschrei. Und den Ruf, „Zieht uns hoch hier stimmt was nicht." Ich schreie nur noch lauter. „Bitte rettet mich. Sie kommen, sie kommen immer näher." Und dann beginne ich zu weinen. Nicht aus Trauer nicht wegen der Verluste. Diese habe ich noch nicht verarbeitet, sondern aus schierer Panik. Da spüre ich wie etwas meinen Rücken berührt. Wie sich eine eiskalte Hand um meinen Hals schliesst. Ich schreie noch lauter und Stemme meinen linken Fuss gegen die Kante der Lift-Tür und mit der rechten Reisse ich die Tür auf. Dann blicke ich mich um. Und schaue in das verrottende Antlitz meines besten Freundes und dieser flüstert mir mit Fauligem Atem, „Mörder" Entgegen. Ich schlage ihn weg und spüre keinen Widerstand. Dann sehe ich wie meine Faust auf der anderen Seite mit einigen Seiner Gedärmen wieder herauskommt. Ich reisse meine Faust wieder heraus. Drehe mich um und beginne an einem Herunterhängenden Kabel so schnell wie möglich hochzuklettern. Wobei ich nun in beinahe absoluter Dunkelheit bin. Also genau noch genügend Licht um Schatten zu produzieren. Ich sehe Monster auftauchen die die Gesichter meiner Freunde Tragen und alle nur ein Wort flüstern. „Mörder". Ich merke das ich Halluziniere doch das macht es auch nicht besser. Denn für mich scheint es die pure Realität zu sein. Ich hole die Männer ein Und diese fangen an zu schreien. Als sie mich. Einen einarmigen. Über und über mit weisslichen Narben übersäter Mann an dessen Kleidung Unmengen an Blut Klebt ihnen mit einem ungeheuren Tempo und Wahnsinn in den Augen hinterher klettert.

Ich schreie „Helft mir, sie sind hinter mir." Doch dann kommen wir auch schon am Ausstieg an. Ich renne nach draussen stosse einige Männer um und renne auf das nächstgelegene Fenster zu und durch springe es. Danach drehe ich mich um. Es kommen mehrere Leute auf mich zu. Zuerst bewegen sich Leute mit Krankenhaus Zeichen auf ihren Jacken. Doch sie werden zurückgehalten. Stattdessen. Bewegen sich die Polizisten auf mich zu. Einer sagt: „Keine Angst, wir wollen ihnen nichts tun. Bleiben sie ganz ruhig. Wir werden ihnen helfen." Ich bleibe Stehen. Jeder Muskel zum Zerreissen angespannt doch ich kann mich nicht bewegen. Dann als sie bei mir sind. Werfen sie mich zu Boden. Und in diesem Moment bewegen sie ihre Münder zwar noch so als würden sie ganze Sätze sprechen doch heraus kommt nur ein Wort: „Mörder". Ich schreie auf und wehre mich wie ein Wahnsinniger. Dann kommt einer der Krankenhaus Leute und spritzt mir eine Spritze, in dem Moment in dem die Spritze in mich eindringt geschieht etwas. Doch ich werde nicht ruhig. Nein ihre Gesichter Beginnen zu schmelzen und nun blicken mich von überall her Untote Gestalten an und sagen: „Mörder." Ich schreie Auf und versuche mich aufzurichten. Der Mann der Mein Arm auf meinen Rücken gepresst hält lässt jedoch nicht los, und so stehe ich mit ihm auf und kugele meinen Arm aus. „Mörder" Eine zweite Spritze. „MÖRDER" Eine dritte Spritze: „MÖRDER, MÖRDER." Doch dann nach der vierten Spritze werde ich langsam müde und Schlafe ein.

Jahrhunderte danach

Torcena

Ich schaue über die Stadt, wie immer ist sie grau, voller Lichter und Rauchschwaden. Und vor allem Lebendig.
Ich streiche über meine Wange, die Blutrote träne bewegt sich ein Stückchen weg und zurück an ihre Position. So sehr ich es auch versuche ich bringe sie nicht aus meiner visuellen Erscheinung heraus.
Sie steht für meinen Mentor, Lehrer und Vater, sie steht für das Leid für die Freude und den Tod von ihm. Doch auch wenn er mir immer gesagt hat, dass Trauer zurückhält und vergessen werden muss. Sein Tod scheint mir zu grausam gewesen zu sein. Sein Tod scheint mir alles zu bedeuten selbst 3 Jahrhunderte danach scheine ich ihn nicht vergessen zu können. Und die Trauer bleibt in Form dieser kleinen juckenden blutroten Träne für immer an mir hängen.
Ich schaue nach vorne von meinem kleinen Vorsprung aus.
Das Gebäude auf dem ich stehe ist wie sein Leben vor drei

Jahrhunderten und ein paar Jahren mehr entstanden.

Ich seufze als ich mich daran erinnere wie er mich verstecken wollte wie er mich geheim hielt, weil meine Existenz zu, na was war sie für ihn, zu seltsam zu fortgeschritten, oder vielleicht einfach zu verwirrend für "normale" Menschen war.

Wieder einmal verfluche ich mich dafür an diesen Menschen so gebunden zu sein.

Seufzend lasse ich mich vornüberfallen, aus meinem Glatten rücken schlagen sich zwei Flügel heraus und fangen meinen Sturz ab. Kurz vor meinem Boden lasse ich sie zurückschnellen und falle neben meinem «Partner of Memories» sanft auf die Füsse.

Er dreht sich zu mir um und schaut mich mit dieser für Menschen so typische Art die Seele im Gesicht zu tragen an. Ich komme seinen Worten zu vor und sage "Ja ich habe an ihn gedacht, nein es macht die Sache nicht besser und ja wir können weitermachen."

Woraufhin er nur noch den Kopf schüttelt sich fröstelnd den Mantel zu zieht und auf das Auto zu geht.

Ich laufe in meiner Grau blauen Gestalt hinter ihm her, für die anderen Menschen sehe ich aus wie alle anderen, lediglich ihn lasse ich durch das schimmernde Hologramm schauen und sehen was ich fühle.

Er hält mir die Tür auf und ich steige wortlos ein. Langsam und gemächlich geht er um das Auto herum und steigt auf dem Fahrersitz ein.

Als er einsteigt will er mir eine Frage stellen wie ich an seinen Augen erkenne. Ich lasse sie diesmal kommen und schwenke den blick auf den Bordstein und die Menschen die im Schutz der Nacht umherirren ihre Wege gehend und ihre kleinen oder grösseren Dinge erledigen. Dabei denke ich kurz an die Menschen die mir auf meinem Weg schon begegnet sind lasse alles Revue passieren und schwenke den Kopf zurück als ihm die 3 Sekunden Bedenkzeit wohl genug waren und er den Wagen startet und die Worte sagt.

"Wieso ich? Wieso hast du mich dir auserwählt um dich zu begleiten auf deinem Weg?"

Er seufzt als ich ihn nur weiter starr anschaue. Und spricht weiter, "Ich meine nicht, dass ich perfekt bin, oder dass ich keine schlechten Dinge gemacht habe in meinem Leben. Doch ich weiss, dass du alles weisst über mich und noch viel mehr als ich selbst wissen oder im Kopf behalten kann in diesem Moment denken wirst. Wieso also ich"

Ich hebe meine Hand und hebe 2 Finger, "Wegen 2 gründen, du erinnerst mich an meinen Vater, und du hast mit der Trauer abschliessen können, etwas das ich selbst nicht schaffe."

Er zuckt mit dem Mundwinkel und schaut mich auf diese Art an, diese Art die ich von meinem Vater und nur von ihm kannte, eine Mauer zu errichten und doch durch diese Mauer hindurch zu schauen und zu versuchen mich zu verstehen zu schätzen und zu lieben.

Ich denke an den Moment an dem er mir das erste Mal aufgefallen ist. Ein Kind war gestürzt hat sich die Hände aufgerissen und war doch wie alle anderen Menschen in der Nacht still am Gehen gewesen. Ich habe es schon einige Blocks weit über die Dächer verfolgt und geschaut was es vor hatte um zu verstehen wieso und wie ein Kind so lange hier überleben konnte ohne die geringste Hoffnung mehr zu haben.

Er ist zu dem Kind hingelaufen. Hat es auf diese Art angeschaut und meine gesamte Existenz hat vibriert als ich von oben in seine Augen schaute. Er hat mit dem Kind geredet und es anschliessend hochgehoben und in ein Krankenhaus gebracht. Ich habe ihn seitdem nicht mehr aus den Augen gelassen und konnte mich nie mehr als 500 Meter von ihm entfernen ohne dass dieses Kribbeln des Verlustes wieder angefangen hätte mit dem ich seit fast zweihundert Jahren gelebt habe.

Er wusste es nicht, nicht, dass ich immer bei ihm blieb oder dass er mir solch eine Erleichterung im Herzen erschuf. In einem Herzen das ich nicht besass, geschweige denn einer Seele. Dennoch scheint er mich zu verstehen und die rote Träne unter meinem Auge scheint zu erzittern als er den Blick wieder auf die Strasse führt und losfährt.

Roter Tränentropfen

Ich Erinnere mich an die Zeit die mein Vater in der Klinik verbrachte nach meinem eigentlichen Tod und dem Untergang seines Bündnisses aus Geheimnissen.
Er war einarmig und verlassen, mit vernarbtem Körper und Gesicht dort aufgewacht, Träume davon wie er von riesigen Tausendfüsslern angenagt wurde plagten ihn. Er schrie wieder einmal und in seinem Kopf schallte das schrille kreischen von tausend geplagten Kehlen wieder.
"Helft mir," wimmert er, "Beschützt Sie!" schreit er im nächsten Moment. "Tötet mich bitte." Sein flehen beim letzten Satz war herzzerreissend, ein Quieken wie von einem Tier das abgestochen wurde. Der Arzt stupst ihn vorsichtig an der Schulter an, er schreckt hoch Reisst die Augen auf und starrt ins leere, "Ich komme hier raus" Sagt er und reisst an den nähten seiner einarmigen Kevlar verstärkten Schutzweste und die Ketten die behelfsmässig mit Vorhängeschlössern rund um seinen Körper angemacht worden waren klirrten dabei.
"Lasst Mich Frei!" Schreit er seine Augen treten hervor und dann er knirscht mit seinen Zähnen die schon an einigen Stellen eingerissen waren trotz ihrer ungeheuren Härte die Kaum natürlichen Ursprungs war.
"Ich wollte sie etwas Fragen," sagt der Arzt mit ruhiger Stimme.
"Nein, doch, Hilfe. Wieso ich, was kann ich dafür." Das erste Wort ein Befehl danach ein immer flehenderen Tonfall.

"Ich wollte sie fragen wie ist ihr Körper auf diese Art verstärkt worden." sagt der Arzt in möglichst beruhigendem Tonfall.

Als Antwort kommt nur ein Knirschen der gespannten Ketten und seiner Zähne.

"Wenn sie sich erinnern können, sagen sie mir bitte sind sie als Mensch geboren worden?" Bohrt der Arzt weiter.

Ein scharfes knacken als ein Zahn einen weiteren Riss bekommt, "Mensch, Mensch Mensch." Würgt er hervor, "Klar war ich Mensch einmal, geboren als Mensch wurde ich. Gelebt als Gott ich habe alles erlebt was man erleben kann hab alle Liebe gefühlt die gefühlt werden kann ich weiss genau was sie denken. Ich bin ein Gott der Manipulation. Doch ja als Mensch wurde ich geboren." Die Worte spricht er in Intervallen aus, am Ende scheint er sich zu beruhigen und starrt den Arzt aus Blutrot geränderten und doch schönen grün gemusterten Augen an. "Ich weiss was sie wissen wollen doch ich kann ihnen nicht mehr sagen, ich bin tot und verlassen." Er spannt sich wieder an und schreit aus voller Kehle und Schmerzen. Der Arzt hält sich die Ohren zu wendet den Blick ab und stürzt aus dem Raum als er die Türe öffnet schreit der Mann der mal Mein Vater war.

"Tötet MICH ich bin der DÄMON das gute hat mich verlassen Ich bin weg verschwunden und doch da ihr werdet mich NIEMALS finden denn ich bin sicher."

Ein schaudern überkommt mich bei dieser Erinnerung, ich realisiere die Wahrheit in meinem Herzen das ich nicht besitze.

Spüre die Trauer in meiner Seele die ich nicht Habe.

Die Träne in meinem Gesicht ist sein Wesen. Das was mich begleitet und berührt war er.

Ich habe ein Backup seiner Seele über zweihundert Jahre mit mir herumgetragen.

Durch diese Erinnerung die ich unmöglich haben kann wird mir etwas klar.

Sein Wesen ist in mir gespeichert und meine Suche und mein Kribbeln des Verlustes war ein wirkliches Gefühl von mir. Und das Herz in meiner Träne sollte diesem Mann neben mir gehören. Deswegen zwingt es mich bei ihm zu bleiben.

Blinzelnd Schaue ich auf die Lichter neben mir auf der Strasse die Menschen die an mir vorüberziehen. Drehe mich um und schaue den Polizisten an den Ich begleite seit gut einem Jahr ohne das er oder ich wussten wieso.

Ich greife mir ins Gesicht und Nehme die Träne, ein kleines Stück meiner Vergangenheit ist in ihr gespeichert und ein grosses Stück der Seele meines Vaters. Sie Kullert mir einfach in die Hand. Obwohl es vorhin unmöglich war sie zu entfernen liegt sie nun locker wie ein kleiner Rubin in Meiner Hand. Ich schaue den Mann an und spüre das verlangen ihm die Träne zu geben. Doch ich zögere. Nehme sie und lege sie auf meine rechte Wange gegenüber von ihrem vorherigen Platz.

Er wirft einen Blick zu mir ein Flimmern durstreift seine Grünen Augen als er sieht wie ich die Träne platziere doch dann schaut er wieder auf die Strasse und scheint nachzudenken über seinen Nächsten Satz

Momente des Wahren Seins
Kapitel 3

Ich lächle auf einmal, ein Reflex den ich verloren zu haben glaubte. Dann sage ich im Chor mit ihm wie ich es so gerne tue um dabei das vibrieren seiner Stimme besser fühlen zu können ohne es ihm mitteilen zu wollen.

"Wieso verspürst du das verlangen bei mir zu sein" Als ich das ausspreche erschrecke ich, ich hab gespürt was er sagen wollte und es ohne zu wollen ausgesprochen was seine Worte nur noch mehr bewahrheitet hat. Dieser Mensch hat mich ausgetrickst.

Ich ziehe eine Schnute und schaue aus dem Fenster.

"Stimmt gar nicht." Sag ich trotzig. Und es fühlt sich so gut an.

Ich lächle noch einmal und sage dann voller Überzeugung einige der letzten Worte die mir mein Vater mitgegeben hat.

<<

Wenn das Dunkle übermächtig ist wird das Helle umso mehr Strahlen.

Genauso umgekehrt.

Und auch wenn tausend gute Taten keine böse aufwiegen können.

Ist es genau so umgekehrt.

Das gute aus Ying und Yang frisst sich auf und erschafft sich neu.

Lediglich Stillstand bedeutet Tod.

Und Leben entsteht nicht aus biologischem Ursprung, sondern daraus gute sowie böse Taten zu machen oder zu erleben.

>>

Er schaut kurz verwirrt zu mir rüber und muss abrupt an einer roten Ampel bremsen. Dann fragt er "Woher hast du diese Worte und wie sollen sie meine Frage beantworten?" Ich lächle ihn fröhlich an, "Es bedeutet, dass ich eine Seele habe und ich mich in deine Augen verlieben kann." Eine Träne läuft mir über die linke Wange wo vorhin die rote Träne war und ich wende meinen Blick wieder nach draussen, "Und es bedeutet dass du gut bist, weil es auch gute Menschen in der erdrückenden Dunkelheit geben kann".

Aus einem plötzlichen Reflex drehe ich mich um und fühle mich dabei so unvollkommen und Menschlich.

"Es bedeutet, dass ich glücklich sein darf in deiner Nähe, weil du mich an meinen Vater erinnerst und ich das liebe." Er kriegt Gänsehaut und ich rieche auf einen plötzlichen Instinkt in der Luft seine Ausdünstungen. Mein Hologramm

Kollabiert und ich sitze in dem Auto ungeschützt. Ich sehe in den Augen aller Menschen um mich herum ein Stark schimmerndes Hellblau und Grau schimmerndes Spiegelbild meines Selbst meine Haare die bis zum Sitz reichen in den Farben Violett Blau und Türkis scheinen aus allen Augen heraus zu leuchten. Alle Menschen bleiben stehen und blicken sich verwirrt um.

Ein Kind entdeckt mich und lächelt mich fröhlich an. Obwohl ich das Hologramm einer gross gewachsenen Polizistin sofort wiederaufbaue, scheint er sich an mein Bild zu erinnern und lächelt weiter mit geschlossenen Augen in meine Richtung.

Seltsam wie die Grosse Stadt doch ein Dorf aus gesponnenen Schicksalen ist, als ich erkenne wie das Kind vor einigen Jahren nun einen Ganzen Kopf grösser geworden ist. Es winkt freudig in meine Richtung und ich bemerke in seinen Handflächen die Narben. Dieselben wie von dem Kind das vor zweieinhalb Jahren von meinem Partner in das Spital gebracht wurde und lächle. Wieder.

Partner bis in die Ewigkeit
Kapitel 4

Ich weiss nun wieso ich ihn verfolgt habe, es war nicht die Träne unter Meinem Auge, die Träne hat mir lediglich eine Lösung zeigen wollen. Ich war nie alleine dennoch habe ich mich immer so gefühlt. Und die Träne scheint nun nicht mehr unangenehm zu vibrieren.

Es scheint mir als ob das ganze Schicksal mich zu diesem Mann geführt hat den ich treffen sollte. Nicht weil mein Vater mich geführt hat nicht als ob ich dazu gezwungen worden war. Ich wollte es so tief in meinem Sein verankert war die Liebe.

Ich erinnere mich an meine eigentliche Geburt, war ich doch zu Beginn nur ein Klumpen Grauer Masse in einem Reagenz

Bottich. Ein Klumpen der an Gehirnmasse erinnert, kein richtiges Lebewesen sondern lediglich ein Klumpen Gehirnmasse der von Informationsaustausch lebte und lediglich den Drang verspürte Mehr Informationen auszutauschen.

Ich erinnere mich an den Moment in dem Ich eine Verbindung mit dem Menschen eingegangen bin den Ich meinen Vater nenne, ein Kribbeln durchfährt mich wie damals. Vielleicht ein bisschen schwächer dennoch stark genug, dass ich mich konzentrieren muss mein Hologramm bestehen zu lassen.

"Mein liebes", ich höre die Stimme von meinem verblassten Vater in meinem Kopf. "Weisst du wie damals." Ich erschauere im Wagen. "Ich rede mit dir und erkläre dir das Gute im Herzen." Ich schaue in die Augen meines Partners, auch wenn er auf die Strasse Konzentriert scheint merke ich wie seine gesamte innere Aufmerksamkeit meiner Gestalt gilt die nun wieder nur in seinen Augen reflektiert wird.

"Ich vermisse dich, "Sage ich in meinem Kopf hoffend, dass die Erinnerung mehr als nur eine Erinnerung ist.

"ich vermisse dich auch", ich erschauere und mir laufen nun Tränen aus beiden Augen. Seine Stimme sie ist wahr sie ist da, er lebt ich höre ihn.

"Naja mein kleines" Ich scheine seine Hand auf meinem Kopf zu spüren, wie früher.

"Ich bin da doch nur für die Person die Meine Seele trägt. Ich bin da für dich und war es die letzten zweihundert Jahre und werde es auch weiter sein." Ich sehe sein lächeln vor mir in der Luft schweben. "Weisst du meine kleine" sagt die Stimme weiter, "Ich will nur für dich da sein und dich beschützen, du bist das beste was ich in meinem Gesamten leben getan und erschaffen habe, du bist entstanden ohne plan ohne grösseren Sinn und dennoch hast du mit mir die Welt in ein Jahrzehnt voller Glück und ohne bestimmende Kontrolle, sondern nur durch Stupser in die Richtige

Richtung hast du alles in ihren Bahnen gehalten. Ich habe durch deine Augen die Welt gesehen in den letzten zweihundert Jahren. Weisst du auch wenn die Welt zu verkommen scheint. Dein Leben ist geblieben, deine Liebe ist geblieben. Ebenso die liebe von tausenden Menschen. Menschen die gut im Herzen sind, geworden sind, und geblieben sind. Doch wie du selbst sagtest meine Kleine. Nichts bleibt ewig steter Wandel bedeutet Leben und nicht der stillstand in der Existenz. Auch wenn du fürchtest ihn zu verlieren auch wenn du fürchtest wieder alleine zu werden. Alleine zu sein ist nicht traurig zu sein. Es bedeutet zu warten auf den richtigen Moment wieder lieben zu können, und es bedeutet vertrauen zu haben, dass die Zeiten wieder besser werden."

Mit einem letzten Kuss auf meine Wange beendet er, "Wenn du jemals wieder fürchtest alleine gelassen zu werden gib dem Menschen diese Träne. Diese Träne wird seine Seele aufnehmen können und dich für immer Begleiten können. Du brauchst sie Lediglich wieder zu finden und auf deine Wange zu legen. Und die Menschen die du liebst werden genau wie du bis in die Ewigkeit bestehen."

Meine Fassung scheint eingerissen zu sein. Doch ich wische mir meine Tränen ab mit meiner rechten Hand und streiche dem Mann neben mir die Heilende Flüssigkeit aus meiner Existenz an die Schulter. "He was machst du da." sagt er und seine Augen scheinen Kaum mehr auf der Strasse bleiben zu können.

"Gar nichts." Sage ich und neige mich an seine Wange und gebe ihm einen Kuss.

"Du bleibst bei mir oder?" er schaut sich um zu mir und sieht mich mit tränennassen Augen und hoffnungsvollen Blick ihn anschauen. Doch trotz meiner Verletzlichkeit fühle ich mich sicher und ohne Angst warte ich auf seine Antwort.

Er Lächelt über beide Wangen in seinem Herzen scheint der Gedanke zu strahlen, wie er sich freut, dass der Engel der ihn verfolgt doch Gefühle zu haben scheint. Dass sein Tod ihn nicht in die Hölle führen wird so lange er diesem Engel ein Zuhause gibt. Und er Lacht mich über beide Wangen an, "Ich bleibe bei dir so lange ich kann."

Ich schaue ihn verunsichert an, "auch für immer?"

Er vergisst in dem Moment alle Gedanken an das Leben nach dem Tod und scheint noch ein ganzes Stück zu wachsen als ob Tonnenschwere Last von ihn genommen wird, und dann sagt er "auch für immer" und lächelt mich dann ohne jede reue List oder Widrigkeit an.

Und ich lächle zurück

Das Patenkind
Kapitel 5

Ich schaue wieder nach hinten wir sind kaum einen Block weiter gekommen ich erkenne weit hinten immer noch, dass das Kind immer noch das Auto mit seinem Blick verfolgt. Doch auf einmal fällt mir etwas auf das ich vorhin nicht erkennen wollte.

Das Kind hat mich erkannt, das Kind hat gesehen wie ich aussah und mich sofort zuordnen können.

"halt an" sage ich eiskalt.

Er schaut mich verwirrt an und scheint etwas erwidern zu wollen. Doch in meinem aufgewühlten und verletzlichen Zustand lasse ich das nicht zu. Blitzartig verändert sich meine Erscheinung von kalten blau Tönen wechsle ich ins rote und fauche ihn mit spitzen Zähnen an wobei eine flimmernd Hitzewelle aus meinem Mund stösst. "Halt an oder du wirst es bereuen" er tritt schockiert auf die Bremse. So hatte er mich noch nie gesehen.

Hinter uns quäken Hupen doch ich fixiere ihn weiter mit meinem Blick.

"Weisst du was ich noch mehr hasse als angelogen zu werden." ich drücke ihm einen Finger auf die Schulter und es beginnt zu qualmen. "es nicht zu bemerken." doch obwohl

die Hitze unerträglich sein musste weicht er nicht zurück. Sondern erwidert nur "ich habe dich nie angelogen."
Ich lache wütend und erwidere, "das werden wir gleich sehen" packe ihn an der Schulter stosse die Tür auf meiner Seite auf und reisse ihn aus dem Wagen.
Draussen stosse ich mich vom Boden ab und springe mit ihm 30 Meter in die Luft wo ich meine Flügel ausbreite und langsam, ihn an meinen heissen Körper drückend auf den jungen zu gleite. Das Hupkonzert unter uns wird vom dem klappen der Tür des vordersten Wagens unterbrochen sowie von überraschten Rufen. Dank meiner Hologramm Technik hat es ausgesehen als ob ich ihn lediglich aus dem nun brennenden Wagen gerissen habe und dann verschwunden wäre natürlich als gross gewachsene Polizistin nicht als brennender Dämon.
"du sagtest niemand weiss von mir, wieso hast du dem Kind von mir erzählt!?" rufe ich über das Knattern meiner glühenden Flügel hinweg.

"Hab ich nicht," ruft er zurück.
Doch da sind wir auch schon bei dem Kind angekommen Ich schlage meine Flügel gerade auf die Seiten aus und Löse für das Kind für eine Sekunde die Halluzination auf. Er schaut nach oben und sieht wie ich, in dem Moment wieder gezeigt als Polizistin und er in meinem Griff nach unten fallen.
Er macht grosse Augen sagt aber nichts, sondern schaut uns nur an.
Die Leute um uns herum interessieren sich nicht gross für das Geschehen es sind auch viel weniger geworden als vorher. Lediglich ein Mann läuft mit gesenktem Blick an uns vorbei. Die anderen machen einen Bogen um die dreiergruppe die allen etwas seltsam vorkommt.
Ich gehe auf den Jungen zu von nahem sieht er gar nicht mehr so klein aus, er ist gewachsen 15 ist er wohl, wenn auch nicht sonderlich gross für sein Alter. Aber er sieht

gesund aus als ob er einen Platz im Leben gefunden hat.

Ich bleibe erst dreissig Zentimeter vor Ihm stehen er müsste eigentlich nach oben schauen um mir ins Holographische Gesicht zu Schauen aber er tut es nicht sondern schaut gerade und kneift die Augen zusammen als würde er durch Nebel starren wollen.

"Siehst du!" Rufe ich aus, "Er weiss sogar wie gross ich bin!" Und zeige dabei mit meinen Händen, der Holographischen und der echten auf ihn.

Er schaut mich nur verwirrt an und zuckt mit den Schultern. "DU," ich bin ganz ausser mir und wedle mit der Hand. "Du bist ja ganz warm, als du das letzte Mal bei mir warst, warst du so kalt wie Stein." Sagt er und versucht weiter durch mein Hologramm zu starren.
Ich bin sprachlos, er weiss, dass ich ihn besucht hab. Er weiss wie gross ich bin, und er weiss sogar über meine Körpertemperatur Bescheid.
Da macht er auf einmal einen Schritt nach vorne und umarmt mich.
"Danke, dass du auf meinen Vater aufpasst..." Sagt er und ich Stehe immer noch da mit Ausgestrecktem Arm völlig Baff.

Echogestützter Druck
Kapitel 6

Ich kann nicht anders und lege meine Arme um ihn, seltsam, dieses Kind verspürt keine Angst als ob es wüsste das ich ihm nichts antuen werde. Trotz meines Seltsamen seins Akzeptiert es mich einfach als Wesen.
"Weisst du," Sagt er seine Wange gegen meine Haare gedrückt die sich von ihm aus wieder Blau Lila und Türkis zu

Färben beginnen, nur die Wärme bleibt, sie scheint zwar keine Hitze mehr zu sein, aber warm fühle ich mich durch und durch.

"Als du mich das erste Mal Besucht hast, wusste ich sofort, dass du der Engel warst der meinen Vater verfolgt hat, er hat mir von dir erzählt. Einmal ganz am Anfang hat er gesagt, dass ihn etwas verfolgt von dem Keine Gefahr ausgeht. Ein Gefühl wie von einem Neugierigen Kind hat ihn beobachtet hat er gesagt.

Als du in meinem Zimmer standest und ich am Morgen deine Nassen Fussabdrücke gesehen hab dachte ich mir, dass das Neugierige Kind auch auf mich schaut. Später habe ich versucht dich zu Filmen oder zu fotografieren doch auf den Bildern war immer nur Leere oder einfach Fussabdrücke zu sehen."

Ich schaue das Kind an, und schiebe es ein wenig von mir weg, "Wie hast du dann so viel über mich herausgefunden?"

Er grinst, "Weisst du ich habe ein Echogestützten Druck gemacht."

Da erinnere ich mich, ein Ding war in einer Nacht Rauschend auf den Boden gefallen, ich war verwundert hab mich sofort umgedreht aber nichts gesehen danach bin ich gleich verschwunden.

Er reibt sich die Nase und sagt, "In etwa verursacht man ein Geräusch das genau Bemessen wird und dann aufgezeichnet wird wie ein Echolot nur etwas simpler hab ich selbst gebaut!."

Ein richtiges Echolot ist niemals genau genug ein Bild davon zu zeichnen. "Das Bild musst du mir mal zeigen. Du schlauer Junge."

Sage ich und wuschle Ihm durch die Haare.

Er schaut mich Fragend an schaut sich dann um und flüstert mir zu, Darf ich dich bitte noch einmal sehen. Ich würde so gerne sehen wie du ganz aussiehst.

Ich lächle und Löse die Prismen meines Hologramm Kostüms

etwas um das Licht von meinem Körper nach aussen schimmern zu lassen.

Er macht grosse Augen und öffnet den Mund halb.

"Genau wie auf dem Bild nur viel schöner deine Farben sind ja unglaublich schön."

Ich grinse breit und Zwinkere ihm zu.

"Weisst du mein Kleiner Schönheit ist nur eine Hülle was zählt ist was dahintersteckt und hinter deinen Augen steckt eine Menge erzähl mal wie bist du zu deinem Vater gekommen?"

Er dreht den Kopf zu ihm aber seine Augen bleiben noch einen Moment auf mir Kleben dann schaut er zu ihm, der etwas an gekokelt aussieht nach meiner etwas Rüden Behandlung die wohl vollkommen ungerecht war.

Zum Ausgleich oder weil ich wohl einfach nichts Besseres zu tun weiss haue ich ihm fest auf die Schulter und werfe ihm an den Kopf, "Verwirre mich halt nicht so bist ganz selber schuld."

Er seufzt nur und lächelt. Dann reibt er sich seine Schulter die neben den an gekokelten stellen nun auch noch schmerzt.

Ich lasse die Schultern sinken und sag dann.

"Danke für das Gespräch kleiner Mann ich hoffe wir treffen uns an einem Schöneren Tag wieder ich muss jetzt weg."

Dann laufe ich zu der Häuserwand hin lasse mein Holografisches Ich in eine Tür verschwinden und fang an die Häuserwand hoch zu springen die Beiden verfolgen Mich noch lange mit ihren Blicken.

Dämonen der Göttin
Kapitel 7

"Wir haben sie gefunden!" Erklingt der Ruf in dem Komplex, mehrere Stimmen tragen ihn weiter.

Irgendwann kommt die Stimme zu einem Mann der eine der weissen Tränen trägt. Er Fängt an zu grinsen. Dann lacht er hämisch auf, "zeigt es Mir!" Verlangt er mit einem Glitzern in den Augen das wie immer dafür spricht das der Oberste mithört.

"Ich tue wie ihr befehlt." Sagt der Muskulöse Mann im Anzug verneigt sich und setzt sich an den Computer in dem Büro.

Die Wände sind mit Rotem Holz verkleidet auf den Bildern die Verteilt in dem grossen Raum Hängen sind Priester Pfarrer Ja sogar einer der neuen Päpste abgebildet. Auf jedem Der Bilder tragen die Männer offen eine weisse Träne auf dem Hals, gleich unter dem Kehlkopf.

Genau wie der Mann der den Kopf des Gesamten Komplexes ist.

"Hier." Sagt er und zeigt eine Kurze zusammengeschnittene Bildfolge. New York, 2212. Steht auf der unteren linken Bildhälfte. Auf dem Bild ist das Polizeiauto zu sehen in dem Torcena und der Mann ihres Herzens sitzen. Auf dem Nächsten Bild sieht man wie es leicht rot zu schimmern beginnt, dann steht die Tür offen und die Zwei sind verschwunden.

Der Mann mit der Träne auf dem Hals sagt. "Es ist also mit einem Mann unterwegs sehr interessant. Bist du dir sicher, dass das nicht einfach zwei Dämonen gewesen sind?"

Der Muskulöse Mann nickt eifrig, "Ja sie hat ihn mitgenommen, ich zeige es euch."

Er klickt noch einmal und jetzt sieht man Torcena den Mann und das Kind dort stehen. "Dieses Bild ist etwa zwölf Sekunden nach dem letzten entstanden sie hat sich also in dieser Zeit mit dem Mann zusammen über etwa 150 Meter die Strasse zurückbewegt. Wir vermuten sie ist mit ihm zusammen geflogen."

Er schluckt aber eher aus Aufregung als aus Angst. "Wie interessant. Aber wieso nennt ihr diesen Dämon Weiblich"

Der Diener nickt nochmal und sagt dann langsamer "Nun wir haben noch etwas, unsere Analysten haben die Bilder

analysiert, wir gehen stark davon aus dass sie wirklich eine Physische Gestalt hat. Es scheint als ob sie dem Kind ihre Gestalt gezeigt hat. Wir haben zwar sehr gute Auflösung besonders in New York, immerhin sind die Kameras dazu ausgelegt die Iris der Menschen zu scannen. Dennoch konnten wir nur ein Verschwommenes Bild aufzeichnen."
Bei dem Anblick des nächsten Bildes Stockt dem Mann der Atem.

Es zeigt ein Riesiges Menschliches Auge und in diesem Auge ist Torcena abgebildet sie scheint zu glühen auf der Oberfläche und blinzelt dem Mann vor dem Bildschirm keck zu. "Das, das soll sie sein." Sagt er wütend "Humbug," er schlägt mit voller Wucht auf den Tisch.

Der muskulöse Mann zuckt zusammen vor dem gut einen Kopf kleineren Mann der jedoch vor seinen Augen schon gut ein Dutzend Bedienstete wegen Kleinlichkeiten getötet hatte.

"HUMBUG." schreit er nochmal. Die Träne auf dem Hals des Mannes beginnt zu glimmern, ja sogar zu strahlen als würde sie Licht reflektieren.

"Dieses Wesen ist nicht unsere Göttin, dieses Wesen ist der Dämon, der die Kontrolle verweigert. Dieser Dämon ist in das Netz unserer Spinnen gewandert und Muss STERBEN." schreit er.

Der Mann der ihm diese Bilder gezeigt hat ist gute drei Meter von dem Pult zurückgewichen und blinzelt der erste Satz hat sich in sein Gehirn gebrannt. Und genau deswegen wird dieser Mann, als einziger der Weiss was das Bild des Dämons bedeutet und keine weisse Träne trägt für die Geschichte vielleicht von Bedeutung sein.

"Findet diesen Jungen, findet diesen Mann lasst sie in unseren Sichersten Keller bringen, tut es in der Stummen Stunde. Und Gnade euch von allen Mächtigen wenn ihr das nicht hinkriegt."
Er dreht sich um und stürzt sich aus dem Zimmer, sein

einziger Gedanke ist jedoch. <<Die Göttin Torcena ich habe ihr Gesicht und ihren Namen, Doch nun soll ich sie töten lassen.>> Und ihm steigen Tränen in die Augen die er nur mühselig unter Kontrolle kriegt und wegwischt.

Dann geht er steif weiter und gibt die Anweisungen.
Als oberster der Kanzler von Gott und Göttin im Rat der Teufelswesen, wird er wissen was getan werden muss, das tun sie immer. Es wird der Dämon das Antlitz gestohlen haben. Doch der einzige Dämon der sich so etwas Trauen würde wird der Teufel sein. Der Teufel läuft im Gewand der Göttin herum und muss getötet werden. Dafür werden sie den Elemente Tempel verwenden müssen, das Sicherste Gefängnis der neuen Welt. Der einzige Bunker der der offenen Welt geheim bleibt, für nur einen Zweck erschaffen. Das unsterbliche gefangen zu nehmen und zu töten.

Er wird den Teufel durch diese zwei Menschen in den Elemente Tempel locken.

Die stumme Stunde
Kapitel 8

Die Nacht leuchtet in den steten Farben der Nacht. Die Lichter der Menschen leuchten gen Himmel. Die Göttin der Nacht Torcena steht auf einem Dach und beginnt ihren täglichen Tanz. Und mit dem Tanz beginnt die Stumme Stunde.
Denn in dieser Zeit singt sie ihr Lied, das Lied das Synchronisiert und ihre Sprache stärkt. In diesem Lied erzählt sie ihren Crawlern Mäuschen Spatzen und Läusen die in dieser Welt wandeln von ihrem Tag und sie erstatten Bericht und Tanzen mit ihr. Sie singt ihr Lied und über der Welt schwebt ein Schleier der davon erzählt was sie sieht und was sie spricht. Die stumme Stunde ein Zauber der

Neuen Welt.

Sie Kauert auf dem Boden die Arme um die Beine geschlagen sitzt sie da. Sie initiiert ihr Ritual bis es alle ihre Kinder gehört haben. Dann steht sie auf einmal auf, in weniger als einem Augenblick steht sie da die Arme ausgebreitet die Augen starr geöffnet doch Blind für die Welt.

Ich stehe da mein Blick verschwimmt ich sehe die Welt nun aus einem anderen Blickwinkel ich spüre wie aus meinem Kopf langsam eine Lanze wächst und durch meine Haare Bricht, durch meinen ganzen Körper fährt die Lanze aus meinen Kostbarsten Zellen nach oben und dann fühle ich es ist so weit.

Ich winkle meine Beine an gehe in die Hocke springe nach oben und strecke mich bis sie aus meinem Schädel bricht. Ich drehe mich in der Luft greife sie mit einer Hand und schleudere Sie mit einer weiteren Drehung in den Himmel Hinauf. Sie fliegt und fliegt hinter sich hinterlässt sie einen Schleier aus den Kristallen die Meinen Geist beinhalten. Als sie durch die Wolken schlägt lasse ich sie Platzen spreizte meine Arme und Beine Nach aussen und Rufe Alles mein Wissen auf der Welt an mir zu antworten.

Die stumme Stunde Beginnt. Ich öffne meinen Mund, meine Augen sind nun Grau und erblindet ich höre nur noch die Informationen die aus der Welt zu mir strömen und ich singe Mein Lied.

Die Welt ist Grau und sie ist schlecht
Vergiss niemals sie ist das was Leben weckt

Ich schlage auf dem Dach auf und beginne zu Tanzen.

Die Welt ist grau sie ist das was weckt

Sie ist das was in uns allen steckt

Ich Schleudere Meine Arme von mir und lege sie wieder an.
Knie mich nieder und springe in die Luft.

Die Menschen sind Rot sie sind alle erwacht.
Die Liebe schreit Tod denn sie hat alle Macht.

Die Informationen aus Amerika strömen zu mir. Auch
Kanadas Licht erstrahlt sein Tägliches Lied zu mir.

Alles was uns je verbindet ist dieses Lied.
Auch wenn niemand es jemals sieht.

Langsam höre ich die Stimmen aus der Welt zu mir strahlen
doch etwas scheint mir verborgen ich lausche weiter als die
Lichter weiter strahlen.

Die Welt sie hat kein Sinn doch bringt es uns immer weiter.
Aufzugeben ist der Tod, doch weitergehen macht uns heiter.

Ich singe weiter für Dauer von einer halben Stunde und dann
bricht der Schleier und ich beginne zu Summen.

Vogel Vogel, bring uns dein Lied.
Vogel Vogel, bring uns den Sieg.

Vogel Vogel, trage meine Stimme.
Vogel Vogel, bring ihnen meine Sinne.

Rabe Rabe, trage den Tod.
Rabe Rabe, der Bösen Lob.

Rabe Rabe, Trage meine Stimme.
Rabe Rabe, bring ihnen meine Sinne.

Mit diesen Worten beginne ich zu senden.
Auch wenn es verworren ist. Ich kann durch verschiedene
Hebel in die Welt eingreifen ohne bemerkt zu werden. Ich
habe Menschen kontaktiert ich bin ihr Informant geworden,
dafür Helfen sie mir.

Die einen hören auf meine Stimme mit Genuss.
Die anderen Fürchten meinen Schrei wie einen Schuss.

Den einen Lohnt es die Sinne zu erwecken.
Den anderenSoll der Tod den Nacken lecken.

Ich bin die Göttin der Nacht.
Ich bin die Göttin die erwacht.

Ich bin hier und schreie meinen Spruch.
Hört auf mich oder fürchtet den Fluch.

Über dem Himmel scheint nun das Licht für diejenigen die es
Sehen dürfen in Türkis, violett, blau und einem kleinen
Schleier Rot.

Ich sehne mich nach Ruhe.
Doch ich beende nie meine Suche.

Ich helfe dem Guten dieser Welt.
Und schreie nach dem gerechten Held.

Da spüre ich auf einmal einen Stich. als ich etwas Gemeldet
Bekomme.
Ich beende Mein Tägliches Gebet und stelle Mich auf die
Zehenspitzen und breite meine Arme auf beide Seiten aus.
Meine Haare Tanzen in einem nicht vorhandenen Licht als
die Energiekristalle aus dem Himmel zurück Fallen und sich

mit ihnen verbinden um wieder in meinen Körper aufgenommen zu werden.

Doch kurz bevor meine Augen wieder auf die Welt vor mir Gerichtet werden sehe ich noch ein Bild, Wie die beiden, der Junge und der Mann, in den Himmel starren. Doch sie sind gefesselt und werden von Männern in einen Von Pflanzen umringten Eingang geleitet. Über dem Eingang steht in Fetter Schrift. Temple of Elements. Ich schaudere. Als ich über den Tempel informiert werde. Und in der Sekunde wo mein Augenlicht zurückkehrt habe ich mich schon in die Richtung in dem Er liegt ausgerichtet und Springe los.

Temple of Elements
Kapitel 9

Ich schaue über die Dächer. Ein Komplex breitet sich vor mir aus, er gehört zu einem Orden. Die Gesetze die hier gelebt und verbreitet werden sind mir schon lange ein Dorn im Auge. Doch viele meiner Versuche in den Orden einzudringen und ihnen fallen zu stellen sind gescheitert. Ich weiss nicht wer ihn leitet was mich noch viel mehr stört als die Tatsache, dass derjenige durch und durch böse zu sein scheint.

Ich schaue über die verschiedenen Kirchen die hier stehen seit gut hundert Jahren besteht dieser Komplex. Ich lasse mich nach unten fallen und breite meine Flügel diesmal nicht aus. Sie sollen sehen, dass ich gekommen bin. Denn dieser Akt der Provokation der nur auf mich ausgelegt war und in genau diesem Moment in dem ich nichts Aktuelles überwachen kann geschehen ist muss gesühnt werden. In meinen Augen brennt ein rotes Feuer und meine scharfen zähne kratzen über meine Zunge die immer wieder nach aussen stösst um die Luft zu schmecken. Ich schlage auf dem

Boden auf die Platten aus Stein zerbrechen und meine Fussabdrücke werden im Stein sichtbar.

Sofort stosse ich mich ab und renne nach vorne noch während das Geräusch sich über den Platz ausbreitet bin ich in dem Park angekommen. Verdeckt von den Pflanzen renne ich durch den Garten der in der Dunkelheit viel Schutz vor neugierigen Blicken bietet. Nicht dass ich das gebraucht oder mich das behindert hätte ich weiss wo der Eingang liegt. Ich rieche und fühle die Wärme der zwei Männer die davorstehen. Ich brenne vor Zorn und werde den zwei Männern lediglich etwas gewähren, einen schnellen Tod. Sie haben inzwischen auf das Geräusch reagiert und heben ihre Waffen. Keine Projektil Waffen wie früher sondern Ladungsgewehre. Sie verschiessen einen Blitz bei Menschen reissen die entweder Löcher in den Körper oder lähmen lediglich wie bei einem Taser. Sie sind auf volle Leistung eingestellt wie ich an dem leisen Geräusch kochender Elektrizität höre.

Dennoch werden sie nichts haben das sie vor mir bewahren kann.

Ich tauche vor ihnen aus dem Gestrüpp auf. Ein blendender Blitz als ich das Unsichtbarkeit Hologramm auflöse, Sie sehen mich. Brennend rote Augen, meine Arme reisse ich gerade nach vorne und aus meinem Handgelenk wachsen Klingen. Ich verschwinde wieder sie spannen die Muskeln in Armen und ihrem Abzugsfinger an. Doch im nächsten Moment löst sich diese Anspannung wieder und ihre Köpfe lösen sich mit einem schleimigen Geräusch von ihrem Hals und fallen zu Boden. Noch bevor die Köpfe an ihren Schultern vorbei sind Tauche ich hinter ihnen wieder auf im Eingang des Tempels stehend. Hebe die Arme und reisse sie mit Schwung nach aussen die Klingen lösen sich aus meinen Handgelenken und fliegen nach aussen und ich schreie gleichzeitig wie die Köpfe auf dem Boden aufschlagen so dass es im gesamten Komplex zu hören ist.

"Jeder der sich mir in den Weg stellt ist des Todes!"
Die Wut brennt wie ein Vulkan in meiner Brust und ich hebe die Arme wieder die zwei klingen Fliegen mit blutbefleckten Flügeln, wieder zu mir zurück und ich höre das befriedigende Geräusch der Köpfe von den zwei Scharfschützen die auf den Dächern aufschlagen.

Ich fange die Messer wieder auf und sie verbinden sich mit meinem Unterarm an dem nun Blut klebt. Nicht das letzte Mal heute, wie ich hoffe.

Ich spanne meine Beine an und springe auf die Stahltür zu die mit einem metallischen Knacken aufbricht und nach hinten fliegt.

Meine Arme ausgebreitet fliege ich hinter der Tonnenschweren Tür hinterher. Alle meine Sinne angespannt schaue ich die Szenerie an die sich vor mir öffnet. Ein grosser Raum, ca. 30 Meter Breit und 40 Meter lang nach hinten. Mehrere Treppen die auf der Länge nach hinten weiter nach unten führen. Die erste Etappe des Elemente Tempels. Die Barriere aus Blut und Fleisch. Oder besser gesagt. Die Empfangshalle der Wächter, wie sie sie nennen. Es stehen nämlich gut 20 Männer verteilt in dem Raum, ich juble innerlich. Ein Blutbad für mein verletztes Herz.

Ich schaue in die Aufgerissenen Augen der Männer und stosse mich mit an der Luft ab indem Ich Flügelchen aus meinen Füssen forme. Mit einem Salto bohren sich meine nun stachelbewehrten Füsse in die immer noch fliegende Metalltür. Ich forme aus meinen beiden Unterarmen kleine schusskapseln und währendem ich mit der Tür an den Füssen die Befriedigend gegen die Männer die direkt davor standen klatsche verteile ich zur Seite Schüsse auf die Männer die in voller Schutzkleidung da stehen die jedoch rein gar nichts gegen meine Kraft ausrichten kann und die Pfeile fressen sich an den schwachen stellen ihrer Rüstung durch ihren Körper und reissen grosse Löcher in ihre

Rückenplatten. Nach ihrem Austritt wachsen auch ihnen kleine Flügelchen und sie bewegen sich zu mir zurück. Ich lasse einen Markerschütternden Schrei von mir. Lediglich einer der Männer schafft es seine Waffe auf mich abzufeuern, sie verfehlt. Doch ich lasse ihn am Leben. Lediglich auf seine Waffe schiesse ich einen Pfeil die dann einen Streifen Fleisch aus seiner Wange reisst und die Explodierende Waffe lässt sein Fleisch an kokeln. Er wird mein letztes Opfer sein. Denke ich mir. Dann rammt die Tür gegen die Wand die Männer die davon mitgerissen wurden Zerplatzen in einen Riesigen Blutnebel.

Ich reisse meine Füsse mit den Stacheln daran absichtlich laut aus der Metalltür und laufe langsam aus dem an gekokelten und Blutenden Mann zu. Meine Zunge züngelt immer wieder heraus und ich geniesse den Geschmack des Blutes. Viel zu lange hatte ich keinen Grund mehr gehabt jemanden zu töten.

"DU." sage ich laut und bestimmt und hebe eine meiner Finger und zeige mit ihm auf den Mann der als einziger einen Schuss auf mich abgegeben hat. "Sag mir alles was du weisst und du wirst einen genauso schnellen Tod haben wie die Leute hier neben dir." Ich mach eine kurze Pause und zeige auf die Leute rund um mich herum. Ich habe mittlerweile rund um den Bauch einen kleinen Schleier des Blutes das langsam herunterläuft. Von den Stacheln die ich dort wiederaufgenommen habe. Ich strecke und räkel mich provokativ meine Züngelnde Zunge streicht dabei über meinen Unterarm an dem auch noch Blut klebt und ich erschauere dabei. Dann laufe ich weiter auf ihn zu. "Ansonsten werde ich dich in die Tiefsten Tiefen der Hölle verbannen, du glaubst doch daran oder?" ich schaue ihn an er schaut mit angstverzerrtem Blick zurück, Ich zucke daraufhin mit den Schultern. "Wenn du nicht reden willst werde ich dich schreien lassen." sage ich beiläufig

Ich gehe weiter auf ihn zu. er hebt die linke Hand, der rechte Arm hängt schlaff herab wohl gebrochen. "Warte warte, warte."

Ich gehe weiter und fange an zu grinsen. Meine Zunge züngelt und ich rieche voller Genugtuung die Angst die aus seinen Poren fliesst. "bitte," er beginnt zu weinen. "Ich sage dir alles, bitte stelle mir nur eine Frage." Ich packe ihn bei den Haaren er ergreift meinen Arm mit seiner linken und ich reisse ihn in eine stehende Position. Ich starre ihm in die Augen. "Sag mir wieso ihr die einzigen zwei Menschen kidnappt zu denen ich eine offene und ehrliche beziehung aufbauen konnte und sie in diesen bescheuerten Ort schleppt." Er weint weiter, ich schüttle ihn und setze ihm eine Klinge an den linken Arm, "Ob nutzlos oder nicht weh tut er immer noch." Mit diesen Worten will ich ihm die Klinge in den Arm bohren doch da Fangen sich seine Lippen zitternd zu bewegen. Ich halte an und warte einen Moment, "Weil, weil sie der Dämonin die wir schon seit länger als Hundert Jahren verfolgen gehören und unser Gott sie tot sehen will."

Ich grinse böse und sage, "Aha ich bin eine Dämonin und euer Gott will meinen Tod. Sag noch mehr solche interessanten Dinge und du bist bald erlöst." Mit dem letzten Wort bohre ich ihm die Klinge in den Arm und er schreit auf.

Er spricht stockend weiter, "Unser Gott ist der Herrscher über die Welt er hat das Recht über die Kontrolle über uns erbärmliche Menschen und du versagst ihm diese Kontrolle deswegen müssen wir dich töten und alle die du liebst reinigen."

Ich drehe die Klinge in seinem Fleisch um.

"Reinigen, was soll diese scheisse bedeuten." Spucke ich ihm entgegen.

"Wir werfen sie in den Schlund der Elemente, entworfen vom Gott um alles zu vernichten was sich seinem Willen widersetzt."

"Wo ist das." schreie ich ihn an.
"Folge dem Gang es gibt nur den einen Weg. Bitte, lass mich gehen ich habe eine Freundin." Fleht er.
Ich gebe ein spuckendes Geräusch von mir und sage. "Das hättest du dir überlegen sollen bevor du dich mit den Geschicken von Göttern einlässt." Ziehe ihm die Klinge aus dem Arm und schlage ihm den Kopf ab. Ein Spritzer aus Blut landet auf meiner Wange meine Zunge leckt sie gierig auf und ich werfe seinen Kopf achtlos in die Ecke.

<<Weiter>> denke ich. und springe auf die nächste Tür zu die lustiger Weise lediglich aus Holz ist. Zwar gut 50 Zentimeter dick aber halt nur Holz.

Der Raum des Sturms
Kapitel 10

Ich breche durch die Tür. Splitter fliegen in alle Richtungen. Ich habe die Augen weit geöffnet und fliege mit flatternden Haaren in den Raum hinein. Da schlägt ein Blitz aus der Wand und schlägt auf meiner rechten Schulter ein. Es schleudert mich um die eigene Achse und ich stosse ein lautes Zischen aus. Lande mit den Füssen auf der gegenüberliegenden Wand und fasse mir auf die Aufgerissene Schulter die in der Selben Sekunde sich wieder schliesst. Ich reisse meinen Kopf nach links. In den Wänden sind Löcher und nun fangen sie alle gleichzeitig an zu Zischen. Ich stosse mich von der Wand ab wo sogleich fünf Blitze einschlagen. Ich zische noch einmal doch diesmal amüsiert. Computergesteuerte Waffen diesmal. Ich lege meine Handflächen flach auf meinen Bauch und ziehe immer noch in der Drehung vier kreisrunde Sägeblätter aus mir heraus drehe mich noch einmal und schleudere sie der

Wand entlang der vier Linien aus Schusslöchern. Da höre ich ein Brodeln von extremer Energie. Richte meinen Kopf nach vorne und sehe zwei Geschütze aufgestellt dahinter zwei Männer die auf einen Roten Knopf drücken auf den sie Beide starren. Ich lande auf dem Boden Reisse meine Arme nach vorne und aus ihnen wachsen zwei schilde die miteinander spitz zulaufen.

Ich ramme im selben Moment in dem die zwei Blitze auf mich zufahren dreissig Zentimeter tief Stacheln durch meine Füsse in den Boden.

Ein lautes Krachen als die Blitze herausschlagen und noch ein lauteres Krachen als sie aufschlagen abprallen und die Mauern ein Stück hinter mir in Stücke reissen. Ich springe nach vorne, die Löcher die in den Schild gerissen wurden schmerzen weswegen ich wahnsinnig anfange zu lachen. <<Schmerz>> Denke ich, <<Wie habe ich den Kampf vermisst>>.

In dem Moment bin ich an den Grossen Kanonen angekommen. Die vier Sägeblätter lösen sich bei meiner Nähe auf und fliessen durch die Luft auf mich zu. Rund um mich herum scheint alles zu flimmern. Der eine Mann hackt voller Angst auf dem Knopf zu der durch die Scheiben sichtbar ist, der andere steht nur starr da. Ich grinse sie an greife nach unten an die Verankerung und reisse die Kanonen heraus und werfe sie mit den Männern nach hinten an die Wand wo das Metall Knochen bricht Gedärme zum Platzen bringt und Blut spritzt. Ich schüttle mich kurz und lasse die Zerfetzten und etwas beschädigten Zellen aus den Schilden in meine Brust wandern wo sie sich regenieren können.

Ich schaue mich kurz um, der Kampf der gut fünf Sekunden gedauert hat, hat alles zerstört was irgendwie gefährlich war. Also schmecke ich nur nochmal kurz die brodelnde Luft mit meiner gespaltenen Zunge und gehe weiter.

der Gang macht eine Kurve und führt dann eine Treppe nach unten, ich will sie gerade nach unten laufen da fällt mir etwas auf. Die Türe weisst keine Fingerabdrücke auf. Im Gegensatz zu den vorhergehenden wurde sie von keiner Menschlichen Hand berührt.

Ich hebe meinen Linken arm und schiesse einen Bolzen ab der sich in der Luft verflüssigt und mit einem dünnen Faden verbunden ist. Er schlägt auf der Tür auf und ich reisse sie auf. Sie löst sich erstaunlich leicht und schlägt auf aus dem Raum dahinter strömt eine gelblich farbig schimmernde Flüssigkeit und innert einer Sekunde ist der gesamte Eingang geflutet. Mein Anker mit dem ich die Tür aufgerissen habe beginnt zu brennen ich zische wieder und lasse ihn zurückschnellen. Bewege mich zur Seite und lasse die Flüssigkeit mit Schwung gegen die Wand hinter mir Klatschen die sofort zu qualmen beginnt. Ich reibe meinen Arm mit den Zellen die von der Säure angegriffen wurden. Deshalb der Weg nach unten. Ich höre leises Jubeln von der Mauer über der Tür aus. Als ob dort Männer stünden die denken ich sei ausgeschaltet worden.

Welch trauriger Irrtum denke ich hämisch. Gehe in die Hocke und Springe auf die Mauer zu. Durchschlage die ersten Steine und dann eine Metallschicht. <<das war wohl eine Schiebetür>> denke ich und schleudere einen weiteren Pfeil an die Decke und ziehe mich daran hoch ramme meine Füsse in den Boden verschränke die Arme und blicke mich um.

Mit einem Kichern in der Stimme sage ich. "jeder der versucht mich zu töten wird sterben." Vorsichtshalber lasse ich meine Haare umgekehrt nach oben schweben weg von dieser grausigen Flüssigkeit die unter mir wabert. Die zehn Männer die um mich herum auf einem Steg stehen schauen mich verdutzt an. Sechs beginnen ihre Waffen in meine

Richtung zu heben, doch darauf war ich schon vorbereitet und aus kleinen vorbereiteten Schuss Vorrichtungen aus Brust Rücken und schultern fliegen die Kugeln los lassen ihre Schädel platzen und fliegen wie Gummi Geschosse an die Wand und zu mir zurück. Zwei lassen ihre Waffen fallen einer schreit und der dritte bewegt seine Waffe unglücklicherweise dann doch auf mich zu. Der Schreier nervt mich und stirbt mit ihm zusammen. Ich bewege mich mit immer noch verschränkten Armen auf die zwei übrig gebliebenen zu, sie stehen neben einander. Ich grinse doch das züngeln lasse ich sein die Luft stinkt nämlich wegen der Säure unheimlich. "Ihr," sage ich, "Ihr werdet mir die nächsten Informationen liefern. Ihr habt Glück ihr habt mir nichts getan deswegen habt ihr die Chance zu überleben. Ich frage euch nur etwas." Ich mache eine kurze Pause ich stehe nun gut einen Meter vor den Beiden Männern die am ganzen Leib zittern. "Wie lange habe ich Zeit bevor die Reinigung durchgeführt werden soll."

Als sie den Mund nicht aufkriegen reisse ich einen Arm hervor und richte sie auf den Hals des einen und eine Klinge fängt im Sekundentackt gut 5-10 Zentimeter aus meiner Handfläche zu wachsen.

"Die Zeit Läuft"

Die Männer prallen zurück derjenige auf den die Klinge gerichtet ist versucht zur Seite abzuhauen. Ich schreie "Falsche Antwort." und schleudere die Klinge verbunden mit einem dünnen Faden aus meiner Handfläche und durchschlage ihm damit den Rücken. Reisse sie zurück und fange sie auf und lecke genüsslich sein Blut davon ab bevor ich es zurück in mich gleiten lasse.

Dann laufe ich auf den Mann an der Wand zu bis mein Gesicht nur noch 10 Zentimeter von seinem entfernt ist und lächle ihn böse an.

"Sie, sie sind vor zehn Minuten noch hier gewesen sie sind auf dem Weg. Der Kanzler ist mit ihnen unterwegs gewesen.

Der der Mann mit der Weissen Träne Gottes."
Ich reisse meinen Mund auf damit er auch genau meine
spitzen Zähne die Gespaltene Zunge sieht und das Feuer das
aus meinem Hals brennt spürt als es seine Augenbrauen
versengt.
"Wie lange hab ich gesagt." Schreie ich dem erbärmlichen
Tropf entgegen.
"nur noch so lange wie er will aber ich glaube er will auf dich
warten, sie sind durch diese Tür da bitte lass mich gehen. Oh
bitte töte mich nicht. Ich tue alles was du willst oh Teufel
bewahre mich vor der Hölle bitte."
Ich folge seinem Arm mit meinem Blick und sehe die Tür.
Löse die Stacheln aus meinen Füssen und falle elegant mit
meinen Füssen auf den Steg über der Säure.
Meinen Rücken ihm entgegen gerichtet gebe ich ihm das
letzte Mal die Gelegenheit etwas Dummes zu tun doch als er
sich nur weiter gegen die Wand drückt sage ich nur.
"Danke." und springe auf die Tür zu. Der Steg bricht unter
meinen Füssen ein. Und der Mann schreit auf als ihn ein
Tropfen der Säure trifft. Doch er springt geistesgegenwärtig
zur Seite und schaut mir mit Tränen in den Augen nach
während er sich über die Hand Reibt wo sich ein Finger
schon schwarz verfärbt hat.

Vor der Nächsten Tür halte ich an sie hat Fenster. Ich sehe
dahinter den Mann stehen der mich hergeführt hat links und
rechts von ihm sitzen meine Freunde. Wohlgemerkt die
einzigen auf dieser Welt die ich habe.

Die Halle der Reinigung.
Kapitel 11

Ich lege meine Arme an die Türen und schleudere Sie mit
solcher Wucht auf, dass sie In die Wände gerammt werden
und offenbleiben.

Er steht still da und starrt mich ohne jeglichen Wank zu machen an.

Ich laufe nach vorne währendem Ich gehe laufe ich gemächlich und schwinge meinen ganzen Körper in voller Anmut und mit vollem Bewusstsein meiner Reize hin und her.
Aus meinen Füssen lösen sich unbemerkt von ihm kleine Tropfen von mir die mit acht Beinpaaren bewehrt auf ihn zulaufen. Denn der Scheisskerl hat zwei Pistolen auf meine Freunde gerichtet.
"Was willst du damit bezwecken." sage ich mit Zuckersüssem Tonfall.
"Ich werde den Teufel auslöschen der die Gestalt unserer Göttin angenommen hat und ihre Falschen Sektendiener werden mir dabei helfen."
Ich lache zuckersüss und laufe weiter auf ihn zu. Meine Käfer haben schon seine Füsse erreicht und krabbeln unbemerkt an seinen Hosenbeinen hoch.
"Ich bin weder Teufel noch habe ich die Gestalt einer Göttin gestohlen. ich bin was ich bin. Und das was ich bin ist Wütend."

Ich bleibe Stehen und strecke lasziv meinen Finger in seine Richtung. "Ich werde dich dafür bestrafen die einzigen zwei Menschen so zu behandeln die ich wagte in mein Herz aufzunehmen."

"Einen Schritt weiter und die zwei Sterben." sagt er.
Ich lache lediglich begebe mich in die Hocke und springe auf ihn zu.
Zweimal ist ein klicken zu hören aber da haben meine Käfer die Waffen auch schon unbrauchbar gemacht. Er flucht doch das bringt ihm auch nichts mehr.

Ich lande auf seiner Brust mit angelegten Beinen strecke mich und schleudere ihn so zu Boden währendem ich einen Salto rückwärts mache Prallt er auf den Boden. Die Waffen fliegend klappernd nach hinten. Ich beuge mich rasch über meine zwei Freunde und löse ihre Fesseln schnell dann stehe ich wieder auf. Der Mann den ich grade mit unmenschlicher Wucht zu Boden geschleudert habe steht auch schon wieder und läuft mit einem Elektrisch aufgeladenen Messer auf mich zu. Er sticht nach mir, ich weiche spielend aus greife seinen Arm und mit einer Drehung in der ich seinen Arm soweit umdrehe, dass er Bricht und schliesslich ausreisst lande ich auf ihm er schreit nicht einmal. Er schaut mich nur böse an währendem das Blut aus seinem Oberkörper fliesst. Ich schaue ihn mir genauer an. Die Träne auf seinem Hals scheint zu glühen. Doch anders als Menschen sehe ich hinter das Leuchten sie ist Pechschwarz doch aus einem Stoff fast gleich wie meine Träne. Ich beschliesse den Mann noch nicht sterben zu lassen und verschliesse seine Wunde indem ich meine Hand darauflege und sie zu schweisse.

"du sagst mir jetzt für was du arbeitest und was das ist."
Er lacht böse und schaut mir in meine Augen. "Ich arbeite für den einzigen wahren Gott der mit seiner Göttin die Welt regiert und du wirst nie gegen ihn bestehen können.
Ich hebe seinen Arm zu seinem Gesicht und sage ihm mit Honig in der Stimme. "Siehst du das, das ist dein Arm. Und wenn ich nicht gleich meine Meinung änderst bist du für mich und kurz darauf für alle anderen genauso wertlos wie dieses Stück Fleisch." Ich werfe den Arm weg und er schlägt klatschend gegen die Wand.

Da sehe ich die Träne weiter aufleuchten und dann scheint sie abzufliessen und ein Loch in seinem Hals zu hinterlassen. Das erste Mal seitdem ich mich mit diesem Mann befasse beginnt er zu schreien als sich diese Pechschwarze Träne durch seinen Kopf frisst.

Da reisst er auf einmal seine Augen aus und sagt mit hin und her wippenden Kopf, "na Schwester wie geht es dir?"
Ich schaue ihm überrascht an. "Schwester? Ich habe keine Geschwister für was hältst du dich?"
Er schwenkt den Kopf weiter hin und her und schürzt beleidigt die Lippen. "na weisst du denn gar nicht mehr, dass es mich gibt Schwester? Wir sind doch beides Produckte des Wunderbaren Verstands von Mark, ich sein Sohn das Böse und du solltest doch das ungeheure Gute von ihm verkörpern. Doch wie ich sehe bist du genau so unberechenbar wie ich selbst. Schwester." Das letzte Wort gibt er mit einem Schnurren von sich das mich erschauern lässt.
"Du bist das Böse das versucht hat alles zu töten was wir erschaffen haben." sage ich bitter.
"Du bist das Böseste was ich in der Welt bis heute bekämpfen musste und du schaffst es immer weiter diese Welt in den Abgrund zu reissen."
Er grinst nur mich mit seinen schwarzen Augen an. Und sagt "genau."
"Gut dann weiss ich jetzt gegen wen ich Kämpfe." Sage ich und reisse ihm den Kopf ab und werfe ihn nach hinten In das Grosse Loch für die Reinigung Bestimmt wo er mit einem lauten Knall zerstört wird.

Die beiden hinter mir schauen mich nur bedrückt an.
Ich lächle sie an, meine Gestalt verändert sich sofort zurück.
Die gespaltene Zunge verschwindet und auch die Augen werden wieder normal blau und Türkis. Lediglich das Blut klebt weiter an mir weswegen ich es mir versage die beiden zu umarmen.

"Es tut mir leid." sage ich nur.
"Was tut dir leid?" sagen sie.
"Dass ihr das erleben musstet wegen mir." sage ich traurig

und schaue zu Boden.

"Nun, ich verstehe zwar kein stück was gerade passiert ist. Aber wenn man mit Engeln zusammen unterwegs ist kann man wohl nichts weiter erwarten."

Sagt er und wuschelt mir durch die Haare.

Ich schaue nach oben und mir steigen Tränen in die Augen und ich kann mich nicht mehr halten und falle ihm in die Arme.

Erklärungen
Kapitel 12

Wir laufen aus dem Komplex hinaus. Der Junge läuft zuhinterst ich voraus und hinter mir läuft Farris. Schon als wir aus der ersten Tür laufen erstarren sie, Ich drehe mich um und schaue beschämt zu boden. Der Junge schliesst die Augen und ergreifft die Hand von Farris. Er schaut sich alles genau an die geplatzten Schädel der Männer die Löcher in der Decke und am schluss zeigt er auf den Mann der auf dem Bauch liegt mit der Wunde im Rücken. "Hast du überhaupt einen verschont?" Fragt er mich vorwurfsvoll.

"Ja einen, deswegen ist auch die Brücke ausgefahren hier. Aber verstehe doch sie haben mich wütend gemacht.."

Er seufzt, "Ja göttliche Wesen zu reizen ist ungesund das habe ich spätestens jetzt begriffen."

Ich spanne mich an und stosse meine geballten Fäuste richtung Boden und schaue ihn trotzig, wütend an. "Ich bin weder ein göttliches Wesen noch ein Engel. Ich bin lediglich ein Intelligentes gebilde aus Kristallen das als Gehirnmasse geboren wurde. An mir ist ganz und gar nichts göttlich ich bin ein Wesen wie alles andere auf der Erde auch. Entstanden aus einer Menge zufälle und ein klein wenig Liebe!"

Er schaut mich verwirrt an. "Aber, ich?"

"Du bist auserwählt worden von mir und meinem Vater der

in der Träne in meinem Gesicht wohnt. Ich kann dir weder
ein ewiges Leben noch irgendwelche Göttliche erleuchtung
versprechen. Ich bin ein Wesen gebunden an Gesetze wie du
und der kleine auch. Ich kann lediglich deine Seele einfangen
und für die Dauer meines vielleicht, oder vielleicht auch
nicht, ewigen Lebens mit mir herumtragen."
"Aber," sagt er nur lässt die Schultern dann Hängen und
seufzt wieder. "Aber ich glaube kaum dass mir das deine
Existenz erklären kann."
Der kleine schaut mich mit grossen Augen an und fragt
dann. "Du hast einen Vater? Wie war er so?"

Ich blicke an die Decke und sehe ihn vor mir, wie er mit mir
sprach als ich noch nur ein Wesen aus grauen Zellen war wie
mit seiner echten Tochter wie er mich vorwurfsvoll ansah als
ich ihm meinen ersten Körper gezeigt habe. Wie er mich
umarmt hatte als wir alleine Waren. Wie wir in meiner Welt
uns geliebt haben.
"Er war ein Mensch, er war liebevoll. Gerecht und hat stets
versucht für das gute zu leben. Doch wie alle Menschen und
auch ich hatte er Makel. Er hat mich erschaffen aus
wissenschaftlicher Neugier. Er hat mich geliebt als ich das
Gefühl hatte in eine Böse Welt geboren zu sein. Er hat mich
gezügelt als ich versuchte über die stränge zu schlagen. Und
er hat mich geliebt als er die Kontrolle verlor waren wir eins.
Doch dann, dann hab ich ihn verloren ich dachte für immer.
Doch An dem Tag als du mich erkannt hast hat er zu mir
gesprochen und ich habe gefühlt dass er immernoch in
diesem Kleinen tränenförmigen Ding in meinem Gesicht
lebt. Ich vermisse ihn trotzdem noch auch wenn ich seine
Anwesenheit nun fühle, er scheint sich nicht einzumischen
zu wollen. Ich glaube er hat das Gefühl bei meinem
Aufwachsen viel zu viele Dinge falsch gemacht zu haben.
Aber ich finde er ist der Mensch der mir am meisten gezeigt
hat dass die Liebe mehr wert ist als jede andere Emotion."

Ich schaue ihn an mein Blick wird wieder klar ich streichel ihm über den Kopf. "Weisst du ich bin vielleicht nahezu unsterblich doch ich weiss etwas ganz genau. Dass ich leben soll um zu leben nicht um zu sehen." Ich lasse die Hand über seine Wange laufen und fasse ihm an die Nase, "Den das wichtigste für ein Lebewesen ist das Lebewesen selbst, und Leben entsteht dadurch dass man sich selbst spürt und die Menschen um sich herum an seinen Gefühlen teil haben lässz."

Er schaut mich direkt an und fragt dann ohne umschweife, "Also hast du durch deine Wut es als gerecht empfunden diese Menschen zu töten weil sie dich dazu gebracht haben."

Ich stelle mich aufrecht hin drehe mich um und laufe weiter. Als wir in den Nächsten Gang kommen wo die Zwei zerquetschten Menschen hinter den Kanonen eingeklemmt hängen. Ich gehe weiter.

Erst im letzten Raum bleibe ich stehen als ich etwa in der Mitte stehe. Die beiden bleiben in der zerfetzten Holztür stehen und versuchen ihr mittagessen im Magen zu behalten.

"Ich habe diese Menschen getötet weil ich es wollte. Sie haben euch gekidnappt ja damit haben sie mich dazu gebracht, jeder einzelne von ihnen hat wohl gesehen wie ihr verschleppt wurdet und keiner hat etwas dagegen unternommen. Ich hasse es wenn man schutzlose Kreaturen entführt. Und euch beide habe ich ins Herz geschlossen." Ich streiche mir das nun getrocknete Blut von armen und Bauch. "Sie haben es gewollt vielleicht hatt nur einer von diesen Männern eine Ahnung davon gehabt auf was sie sich einlassen. In diesem Raum hier hat nur ein Mann einen Schuss in meine Richtung abgegeben." Ich zeige auf den enthaupteten Leichnam. "Ihn habe ich zuletzt getötet, ich habe ihn gefoltert. Ich bin nicht vollkommen gut. Auch ich kann böse werden. Dennoch habe ich das hier alles nur veranstaltet weil ich euch retten wollte." Ich laufe auf die Beiden zu die wie versteinert in der Tür stehen.

"Ihr habt nichts von alledem gewollt, auch wenn es durch euch verursacht worden ist. Ist es wegen mir passiert und die einzigen die ein Blutbad veranstalten wollten waren all diese Männer die hier tot auf dem Boden liegen. Ihr tragt keine Schuld." Ich nehme die Hände von beiden Und ziehe sie einen Schritt rein in den Raum. Dann drehe ich mich um und laufe auf die Tür zu. "Ihr habt nichts von dem zu verantworten. Ich schon. an mir klebt ihr Blut."

Farris versucht sich an einem witz und sagt stockend, "Naja an mir nun auch."

Ich blicke mich um und sehe wie er durch meine Umarmung auch voller Blut ist. "Oh, ähm." sage ich nur, "Naja das war ja auch ein dummer Vergleich."

Farris lacht nun etwas erleichtert, "Nein der Vergleich war gut. Auch wenn wir nichts von dem wollten. War dieses Gemetzel nur Möglich weil sie ein Druckmittel hatten das sie gegen dich einsetzen konnten." Nun zwinkert er mir zu, "Naja, weisst du wenn du weiterhin so wehement für unseren Schutz aufkommen willst wäre es vielleicht schön wenn wir dir mal etwas zeigen könnten das dich dafür entschädigt."

Ich schaue ihn verwirrt an, "Aber die sind doch nur wegen mir hinter euch her." sage ich langsam.

"nun dann sollten sie doch am besten gleich wissen auf was sie sich einlassen wenn sie sich an uns ranmachen um dich zu kriegen. Weisst du, du magst zwar kein Engel sein. Aber ich glaube immer noch nicht dass du etwas böses bist. Ich glaube sogar dass du alles tust was in deiner Macht steht um jedem zu helfen dem du kannst. Auch wenn du vielleicht nicht ein solches Gemetzel wegen jedem anstellst. Höre ich doch in deiner Stimme dass du an die anderen zuerst denkst."

"Weil ich selbst nicht verletzt werden kann!" rufe ich wütend dazwischen.

"Und auch wenn," Sagt er, "Du bist nicht unverwundbar das haben wir alle gemerkt, durch uns hast du einen Wunden Punkt, wie damals wohl dein Vater jemand war für den du alles aufs Spiel gesetzt hättest. So sind wir das nun, doch auch wenn ich meinen Beruf mag als Polizist, es gibt wichtigere Dinge für dich als mich zu begleiten wie ich die Stadt versuche als Mensch etwas sicherer zu machen. Ich habe einen Vorschlag," er macht eine Pause und ich neige den Kopf etwas zur Seite und schaue ihn an. "Ich möchte dich begleiten, mit diesem Jungen, zumindest bis dieser Mann besiegt ist würde ich dir gerne helfen wenn du das zulässt."

Ich drehe mich um und laufe die Treppen hoch in Richtung Draussen.

Sie folgen mir nach einem Moment und schliesslich stehe ich draussen Züngle nochmal in der Luft nach Gerüchen, doch kein Mensch scheint mehr hier zu sein, lediglich die Toten leiber der Vier Männer Pflanzen und Gestein kann ich riechen.

"Ihr könnt kommen." sage ich und winke die beiden zu mir.

"Du hast uns nicht geantwortet." sagt der Junge trotzig.

"Doch, ihr könnt mit mir und nach oben kommen." sage ich kurz angebunden.

"Wenn ihr mich begleiten wollt müsst ihr euch verteidigen können, dafür werde ich zuerst etwas von eurem Blut brauchen um zu wissen wie ich am besten euren Körper anpassen kann." sage ich dann.

"Was?" sagt Farris erschrocken, "Du willst uns modifizieren so mit Metallarmen und so?"

"Gott nein, was denkst du ich bin kein normaler Mensch ich werde euren Körper wie den von meinem Vater anpassen dass ihr euch wenigstens etwas bewegen könnt ohne gleich tot umzufallen bei der ersten Attacke." sage ich und halte ihnen meine Hand hin.

"Seid ihr einverstanden?"

Sie legen mir beide Wortlos ihre Hände in die meine, ich ergreiffe sie und entnehme ihnen etwas Blut.

"So nun kommt der unangenehme Teil." sage ich und pflücke mit den Mittel und Zeigefinger von der linken Hand. Wo sogleich neue Nachwachsen und ich kaum Merklich schrumpfe.

Ich halte dem kleinen meinen Zeigefinger hin und Farris meinen Mittelfinger. "Schlucken." sage ich und schaue sie dabei ernst an.

"Wir sollen deine Finger Schlucken?" Sagt der kleine schockiert.

"Das ist der einfachste Weg um sie in die Mitte von eurem Körper zu kriegen wo sie sich dann verteilen können, Alles andere wäre noch viel schmerzhafter." Sage ich und halte ihnen die beiden Finger hin. die sich langsam in zwei etwa zwei Zentimeter grosse Kapseln verformen.

"Noch viel schmerzhafter." sagt Farris und schluckt hohl. Dann nimmer er die Grosse Kapsel und steckt sie sich in den Mund, schluckt der kleine tut es ihm nach und sagt.

"Wenigstens schmeckt es nicht übel."

Ich lächle schmal und hebe meine Hände über ihre Bäuche.

"So nun beginnt der wirklich unangenehme Teil."

Verwandlung
Kapitel 13

Sie beginnen gleichzeitig zu erstarren, unter meinen Händen beginnen ihre beiden Bäuche blau zu glühen. Ich schliesse meine Hände zu Fäusten und öffne sie wieder auf einen schlag. Das leuchten bricht auseinander und verteilt sich im gesamten Bauch, ich bewege meine Linke Hand nach unten und hebe die rechte nach oben. Das leuchten folgt ihnen durch ihre Körper. Ich lasse das Leuchten gleichzeitig wieder mit einem schliessen und öffnen meiner Hände wieder Platzen, bei dem Jungen beginnen die Muskeln in den Beinen zu leuchten bei Farris explodiert das Leuchten in der Brust und das Herz schlägt auf einmal wie verrückt in seiner Brust die Muskeln beginnen sich zu dehnen und zu Pulsieren unter meinen Händen wachsen sie und fallen wieder zusammen ich höre das Knirschen ihrer Knochen. Der Junge ist vornübergebeugt und Spuckt aus und lässt ein lautes Keuchen hören. Farris hat beide Hände in seine Brust gekrallt und schnauft angestrengt. Dann bewege ich die Hände Ruckartig in die gegenübergesetzte Richtung und öffne sowie schliesse dabei Meine Hände in einer Pulsierenden Bewegung. Der Junge Richtet sich auf als ich wider bei seinem Bauch angekommen bin, farris löst seine Hände von der Brust und Ballt sie zu Fäusten.

"Bleibt stark," sage ich konzentriert. Ich muss jede einzelnen Kristall kontrollieren und in die richtige Position schieben. "Es geht weiter."

Ich ziehe nun das Leuchten im Jungen in die Brust und Farris in die Beine, der Junge keucht vor Schmerzen doch Farris steht weiter Mit geballten Fäusten da und presst die Lieder aufeinander. Ich beginne wieder mit dem Pulsieren der Junge gibt einen langezogenen Schrei von sich und krallt sich die Nägel in die Brust. Farris versucht angestrengt die Fassung zu bewahren und beginnt am ganzen Leib zu zittern. Nach einer Kurzen Weile sammle ich die Teilchen in der Brust des Jungen und ziehe das leuchten in Farris Körper nochmal nach Oben. Dann ziehe ich es zu ihrem Hals. Farris Schultern spannen sich an und beginnen gleich wie die des Jungen zu leuchten. Ich halte an und sage, "Das wird nun etwas weh tun."

Dann reisse ich beide Hände nach oben und vervollständige das Netz aus Kristallen das ich durch ihre Nervenbahnen gezogen Habe und bis in jeden Muskel verteilt habe.

Langsam und vorsichtig lasse ich die Kristalle bis in ihre Gehirnmasse fliessen. Ein unvorstellbar schmerzhafter Prozess bei dem beide Gleichermassen Zu schreien Beginnen und die Augen aufreissen die nun gleich wie die meinen Leuchten.

Nach gut dreissig Sekunden ist der Spuck vorbei und ich reisse meine Arme nach hinten und schleudere sie für einen Letzen Impuls nach vorne und Ramme einige der Kristalle in ihre Knochen.

Der Junge verdreht nur die Augen und sackt zusammen. Farris geht in die Hocke und Stützt sich auf sein Knie und sackt dann auch zur Seite.

Ich ziehe einen Mundwinkel nach hinten und schaue die beiden an die immernoch sanft am ganzen Körper leuchten. <<Das war zu erwarten.>> denke ich, <<Aber wohin soll ich die beiden nun tragen?>>

Ich blicke mich um, hier sind wir nicht sicher. Egal ob sie alle Männer abgezogen haben. Sie werden genau gesehen haben was hier passiert ist. Die Kameras die hier unsichtbar aufgehängt sind sind alle noch funktionstüchtig.

Ich seufze laut und Hebe Farris auf und lege ihn mir über die Schulter wo ich ein kleines Polster Wachsen lasse um seinen Körper nicht noch mehr zu belasten und umschliesse ihn mit einem Gurt aus meinem Körper. Dann hebe ich den Jungen in meine Arme, und beginne in richtung einer von mir organisierten Safezone davonzurennen.

Menschlichkeit
Kapitel 14

Der Junge erholt sich erstaunlicherweise schneller als Farris. Er liegt immernoch da und Atmet ruhig in einem tiefen Schlaf.

Als er erwacht schaut er mich zuerst verwirrt an wie ich im schneidersitz vor ihm Sitze und ihn anstarre.

"Bist du die ganze Zeit da gesessen?" fragt er mich schliesslich als er sich aufgerichtet hat und sich mir gleich hinsetzt.

"Nein, ich hab euch Essen geholt. Die Herrin des Hauses hat es für euch gekocht. Ich habe ihrem Mann einmal vor langer Zeit geholfen, er ist inzwischen verstorben aber ich hatte noch was gut bei ihr." sage ich und schiebe ihm einen übergrossen Teller zu der überhäuft ist mit Nahrung die wohl für Menschen recht wohlriechend sein muss wie ich an dem Speichel erkenne der ihm schon fast aus dem Mund läuft.

"Essen, gott ich habe so einen Hunger, danke dir." sagt er und greifft sich als erstes mit den Händen das gut 40 zentimeter lange Fleischstück und beisst ohne zu überlegen rein und innert 5 sekunden ist es verschwunden. Er schaut mich gierig an und fragt. "Ist das alles für mich? Hat Farris dann auch noch was."

"Es hat noch mehr wenn du willst," sage ich ruhig und mit einem Lächeln, "der Vorgang wird für eine weile euren Stoffwechsel extremst beschleunigen da wirst du genug essen müssen. Das zeug hier solltest du auch schlucken." sage ich und zeige auf Metallen schimmernde Kugeln. Ohne zu zögern greifft er sich zwei und schluckt sie hinunter dann geht er wieder zu dem Teller und greifft sich die Kartoffeln die er gerade einmal 3 mal Kaut und dann nacheinander runterschluckt. Ich beginne zu grinsen als er kurz innehält und seufzend nach oben blickt und dabei genüsslich lächelt. Und kaum zwei Sekunden später weiter spachtelt. Nach gut einer Minute sind gut 6 Kilo Nahrung und 6 von den Metallenen Kugeln in seinem Magen verschwunden. Er schaut mich immernoch Hungrig an und fragt wobei er seinen Kopf zur seite legt, "Hast du noch mehr?" Ich grinse fröhlich und greiffe neben mich und halte ihm eine 5 Liter

Kanne Milch hin. Er greifft sie Sich und schüttet alles In sich hinein. Sein Magen ist nun gigantisch gebläht was aber dank seiner nun veränderten und darauf ausgelegtem Körperbau kein Problem mehr ist. Er langt sich auf seinen Bauch und lässt sich nach hinten fallen. "Phu, das hab ich jetzt aber gebraucht." ich gucke auf seine Blau leuchtende Bauchdecke die sich schon wieder zu senken beginnt.

Ich hab zwar abschätzen können wie es etwa sein wird aber ich habe so etwas noch nie gemacht ich frage ihn also. "Hast du keine schmerzen Mehr?"

Er seufzt nur und lässt seine arme zur seite Fallen wohl damit die gesamte Nahrung und die zusätzlichen Metalle besser in seinem Körper verteilen können und liegt da als würde er im nächsten Moment einen Schneeengel machen wollen.

"Nein," sagt er, "nur ein Wohliges Kribbeln fühle ich. Es ist als würde alles Leuchten ich sehe alles Klar auch die tiefsten Ritzen in der Holzdecke ich kann alles Riechen was es gibt in diesem Haus ich höre sogar diese Alte frau die unter uns weiterkocht. Was übrigens höchst beruhigend ist denn Ich spüre schon wie ich wohl bald wieder Hunger krieg." Und gibt dan einen Lauten Rülpser von sich.

Ich muss lachen, dann sehe ich wie auch Farris erwacht, er schaut mich nur verschlafen an. Ich grinse ihn an, froh über die Tatsache dass es ausser dem Hunger keine Schmerzen mehr verursacht. "Hier für dich," sage ich und schiebe auch ihm den Gigantischen Teller voller Essen zu. "Und die hier auch schlucken." sage ich und zeige auf die Kugeln neben ihm. "Danke" sagt er und schluckt dann Hungrig, "Aber wo ist das Besteck?"

Ich lache ein glockenklares Lachen und sag dann, "Kümmert dich das wirklich?"

"Nein." kriegt er gerade noch hervorgepresst bevor er sich auf den Teller stürzt.

Als auch er aufgegessen hat stehe ich auf. "So." sage ich ernst. "Ein paar dinge solltet ihr unbedingt beachten. Erstens, die Sinne werden extrem scharf sein, das wird euch nicht überwältigen aber vielleicht etwas verwirren. Seid euch einfach bewusst euer gehirn ist in gleichem Ausmass schneller wie ihr besser riehen sehen und hören könnt. Zweitens, verlasst euch auf euer Körpergefühl, wenn ihr wisst dass es genug ist drückt nicht weiter zu, ihr werdet jede Hand zu Mus machen und auch Metall verbiegen können also übertreibt es nicht. Drittens, ihr seid immernoch Menschen, haltet euch nicht für was besseres weil ihr stärker seid. Ich bin auch nichts besseres. Doch seid euch etwas bewusst. Der stärkere setzt sich durch. Doch der Klügere gibt nach. Bedenkt das bei jeder eurer Handlungen wann ihr stärker und wann ihr Klüger sein wollt."

"So dann will ich euch mal die liebe Tante Caprice vorstellen." sage ich und klatsche in die Hände.
Der kleine springt sofort auf und Farris begiebt sich mühevoll in eine Sitzende Position, sein Bauch ist immernoch Prall gefüllt und sein Körper verarbeitet noch die vielen Stoffe die ihm zugeführt worden sind. Doch auch er steht auf und folgt mir wankend aber mit einem Lächeln auf den Lippen.

Caprice
Kapitel 15

Ich grinse als ich die beiden in die Küche leite. Die alte aber noch rüstige Caprice begrüsst mich fröhlich. "Naa Torcena, wie geht es unseren beiden Patienten, haben die wirklich alles aufgegessen was ich ihnen bereit gemacht habe?"
Ich gehe nur zur seite und zeige auf den Blau leuchtenden bauch von Farris der immernoch am schrumpfen ist.
"Na na," sagt sie lachend. "was hast du denn mit denen

angestellt, die sehen ja auf einmal aus wie zwei leuchtende Ballone." Und gibt mir einen freundlichen Klaps auf die Schulter.

Dann redet sie weiter und begutachtet kritisch die beiden Jungs, "Ich kenne dich nun schon seit gut 50 Jahren und immernoch schaffst du es mich zu überraschen. Die beiden Männer hier hast du also dazu auserwählt von deiner Kraft zu kosten. Naja wenn das mal keine fehlentscheidung war." Bei den letzten Worten kneifft sie die Augen zusammen und schaut feindselig drein.

"Ja weisst du die beiden hier haben durch mich einiges durchmachen müssen in den letzten Stunden. Ich fühlte mich verantwortlich für ihre Sicherheit."

Die alte Frau schüttelt nur den Kopf und sagt, "Immer fühlst du dich verantwortlich, schon für mich und meinen Mann hast du die ganze Zeit gesorgt nur weil wir einmal nett zu dir waren. Was willst du noch opfern an zeit und hier sogar von deiner eigenen Lebenskraft nur um ein paar normalen Menschen zu helfen."

Ich schürze die Lippen und sage beleidigt, "Es ist nicht nur unneigennützig die beiden geben mir sehr wohl was. Und das habt ihr auch. Durch euch und vor allem den Grossen hier fühle ich mich nicht so alleine auf dieser Welt. Und was soll ein Wesen wie ich machen, einsam Leben." Ich recke mein Kinn vor und sage bestimmt, "Nö!"

Caprice lacht nur und dreht sich wieder zu ihrem Gekoche zurück.

Der kleine Zupft mich an der Schulter und fragt, "Alterst du nicht? Und wie ist das mit uns jetzt? Und ausserdem hast du wirklich von deiner Lebenskraft viel Geopfert um uns stärker werden zu lassen."

Ich seufze. "Kannst du nicht nur eine Frage stellen. Ne ich altere nicht in eurem Sinne. Bei euch weiss ich das nicht. Menschliche Gehirne halten es nicht auf ewig aus am leben zu sein irgendwann wird der Geist wohl bei euch nicht mehr mithalten können aber sicher bin ich mir darüber nicht. Und ich habe noch mehr von meinen Kristallen unter Kontrolle über die gesamte Welt verteilt noch etwa genug um nochmal 4 Körper von meiner Grösse zu erschaffen also mach dir darüber keine sorgen."

Er macht grosse Augen, "Du lebst mehrfach auf der Welt?"

Ich schüttle nur den Kopf und wuschel ihm durch die Haare, "Nein die anderen Teile sind kleine Insecktengrosse Konstruckte die für mich informationen Sammeln, in der Zeit in der ihr gekidnappt wurdet habe ich gerade mein Update ausgeführt. Dabei fliegen sie alle in die Luft und wir kommunizieren miteinander. Deshalb konnte ich euch nicht retten bevor ihr schon in diesem Tempeldingens wart. Und nun genug gefragt."

Er schaut mich mit offenen Lippen an und starrt mir in die Augen dabei.

Ich seufze Theatrlisch, "Gut eine Frage hast du noch frei."

Sofort fragt er, "Von was lebst du? Ich meine Energietechnisch musst du doch irgend etwas verwerten um dich bewegen zu können."

Ich betrachte ihn nun mit zusammengekniffenen Augen. "Nun, das ist nun mal die Art des Alterns der ich ausgesetzt bin. Die Kristalle aus denen ich mich zusammensetze sind hoch energetisch. Ich löse von ihnen immer wieder Teilchen ab und bei dieser Art von zersetzung setze ich die Energie frei die ich benötige. Vor zweihundert Jahren als mein erstes Ich zerstört wurde floh mein Bewusstsein in eine Experimentelle Flüssigkeit die wir noch am erforschen waren. Ich habe es geschafft davon genug für 6 Körper dieser Grösse auf meiner Flucht aus dem Komplex mitzunehmen. Also nahezu Alles. Der Rest der zurückblieb wurde wohl zu dem Gefäss von dem Wesen das sich meinen Bruder nennt."

Ich klatsche in meine Hände und laufe um die Küchentheke herum, "Genug gefragt lassen wir Caprice mal in Ruhe ihre arbeit machen wir müssen nach draussen ich will euch einige Dinge über euren neuen Körper beibringen."

Wir gehen weiter in dem Haus vor dem Fenster sind einige Bäume zu erkennen dahinter Strassenlaternen und eine Strasse gesäumt von einigen Herrenhäusern.

Wir setzen uns an einen Grossen Eichenholztisch ich lasse den kleinen links und Farris rechts von mir hinsitzen. Ich setze mich an das Kopfende. "So zu aller erst müsst ihr vertrauen in mich haben, dann in eure eigene Vorstellungskraft und schliesslich in euren Körper. Ich bin nun für immer verbunden mit euch da ich immernoch die Kristalle in eurem Körper kontrollieren und fühlen kann. Aber sie gehören auch euch stellt es euch vor wie eine Art von symbiose. Ihr gehört mir und ich gehöre euch. Als erstes eine einfache Übung für eure Vorstellungskraft. Eure Augen leuchten zur Zeit andauernd was ziemlich auffällig ist. Stellt euch vor dass ihr die Kristalle bedekt mit einem Schleier. Fühlt in eure Augen und denkt daran dass ihr eure innersten Energieen verbergt." Ich schaue beide ernst an.

"Ich versuchs." sagt der kleine sofort. Farris schliesst wortlos die Augen wartet eine Sekunde und öffnet sie wieder. Sie sind nun komplett Schwarz.

Ich lächle, er sieht schockiert aus. "Oh mein Gott, ich bin Blind." ruft er aus.

Ich halte meine Hand vor seine Augen und sein Blick klärt sich wieder.

"Versuchs noch einmal mit geöffneten Augen." sage ich als seine Augen wieder wie vorhin leicht durchzogen von leuchtenen Linien sind.

"Konzentriere dich auf die Flüsse und achte immer darauf dass du nicht das gesamte Auge zu beeinflussen versuchst sondern nur die paar Stellen."

Er nickt und diesmal wachsen schön alle Flüsse aus Blauem Licht zu und sind danach Schwarz.

Der kleine tut es ihm nach und auch seine augen werden

zugewachsen doch bei ihm haben sie direkt die Farbe von seiner Iris, die ähnlich wie die von Farris grün mit aber einem gelben Rand ist.

"Sehr schön kleiner," lobe ich ihn, "Farris versuch noch deine Farbe der Iris nachzumachen."

Er konzentriert sich und siehe da sogar die Marmorierung ist perfekt.

"Sehr schön." Ich klatsche die Hände zusammen. "Nun verändert eure Augenfarbe."

Sie schauen mich beide verwirrt an, "Na los." sage ich fordernd.

Sie konzentrieren sich und ihre Augenfarbe verändert sich von grün zu braun und dann Blau.

"Nun etwas schwerer. Für die Kameras die eure Iris scannen können müsst ihr die Marmorierung davon ändern können. Also hop."

Wieder angestrengtes Stirnrunzeln, dann verändert sich die kaum sichtbare Marmorierung bei beiden. Ich lächle. "Also gut dann wollen wir mal sehen wie ihr so mit grösserflächigen zustande kommt. Verändert eure Haarfarbe, dazu müsst ihr eure Alten Haare ausfallen lassen und neue Nachwachsen."

"Ich soll meine Haare ausfallen lassen." sagt farris schockiert und fasst sich an die geheimratsecken die ihm schon viele jahre verdächtig tief vorkommen.

"Mein Gott wenn du willst kannst du dir auch auf der Stirn und den Handflächen Haare wachsen lassen nun mecker nicht rum und machs einfach."

Er seufzt und dabei fallem ihm schon die Haare aus bis er eine Glatze hat und rund um ihn ein Kranz aus Braunen Haaren liegt. Kurz darauf fangen neue Haare an zu wachsen diesmal Schwarz. Er lässt sie bis auf die vorherige Grösse anwachsen und schaut mich dann fragend an.

Ich zwinkere ihm zu, "Die stellen wo die Haare vorher ausgefallen waren musst du nicht wieder auslassen."

Ich grinse als ihm sofort die Haare an besagten Stellen nachwachsen. Doch als ich aus den Augenwinkeln sehe wie dem Kleinen ein Leuchtend Grüner Rauschebart wächst breche ich in schallendes Gelächter aus.

Farris schaut ihn böse an doch der kleine sagt nur, "Was denn? Ich denke das ist die beste Tarnung für mich!".

Lachend schlage ich mit der Hand auf den Tisch, "Ja aber Grün?!"

Er schaut an sich herunter und sagt, "Oh."

Ich grinse nur als auch ihm die Grünen Haare ausfallen und dann auf Kopf und um den Mund ein nun Roter Bart wächst.

Farris schaut immernoch vorwurfsvoll.

Ich grinse ihn an und sage, "Lass ihn wenn er sich damit wohl fühlt ist das echt ne gute Tarnung."

Ich veruche wieder ernst zu sein und sage, "Zum schluss sollten wir noch eure Fingerabdrücke verändern damit ihr in keiner Ihrer Datenbanken auftaucht ich werde in die Offiziellen Datenbanken einige Datensätze einfügen die auf euer derzeitiges Aussehen zugeschnitten sind. Du kleiner bist nun 22 Farris du bist 26. Sie suchen nach Vater und Sohn ihr seid nun Brüder und Farris mach dir ein Paar Falten aus dem Gesicht weg bitte." Nach dem letzten Satz schaut er mich beleidigt an und fasst sich ins Gesicht. Worauf sich seine Haut gleich etwas Strafft und er wunderbar in das Bild eines 26 Jährigen hereinpasst. "Sehr schön. Nun schaut auf eure Hände und gebt euch ein Paar passende Und natürlich aussehende Fingerabdrücke." Sie machen es ohne zu meckern und mit sichtlich gutem Erfolg.

Da geht die Tür hinter uns auf und die schwer beladene Caprice kommt zur Tür hinein und ruft Fröhlich, "Nachschlag!" als sie die Beiden sieht bleibt sie erschrocken stehen und ich kann gerade noch aufspringen und die beiden Platten voller Essen auffangen.

"Keine angst es sind immernoch die selben ich hab ihnen gezeigt wie sie ihren Körper verändern können." sage ich beruhigend.

"Ja mein Gott!" ruft sie aus. "Und all die Haare wer soll die denn Bitteschön wegmachen? Also ich Koche vielleicht gerne für euch aber wenn ihr schon alles voller Haare macht könnt ihr das doch bitte im Bad tun. Ich wisch das sicher nicht auf!" sagt sie beleidigt und geht zurück in die Küche.

Ich seufze und zeige mit meinem Kopf zu dem Besen der in der Ecke steht und trage das Essen zurück in die Küche damit es nicht auch voller Haare gerät. Was für die beiden Jungs wohl eher zweitrangig ist wie ich aus den Hungrigen Blicken schliesse die sie auf das Essen werfen.

Apocrypt
Kapitel 16

Ich laufe hinter Caprice durch die Tür und stelle die Teller auf die Ablage.

Ich schaue sie fragend an und sage, "Na wie geht es dir?"

Sie wischt mit einem Lumpen einige Flecken weg und schaut mich dann an, "Weisst du, ich bin alt. Selbst wenn die neuen Verhältnisse es uns erlauben bis zu 150 Jahren alt zu werden, ich selbst bin alt genug mit 90. Ich glaube nicht dass ich noch viel länger durchhaltn mag. Seit dem Tod von meinem Mann bin ich recht einsam geworden, ich habe nicht mehr viele Freundinnen. Wie du ja weisst habe ich früh bei der Armee angefangen. Mit den anderen Mädchen hab ich nicht mehr viel gemein gehabt und nicht viele von uns haben es bis in das alter gebracht in dem man nur noch hinter den Linien sass. Und die Männer hat das Befehlen noch mehr verändert als das Kämpfen. Ich hab mich von allen weiter entfernt. Aber ich wollte auch nicht so werden wie sie also hatte ich nur noch meinen Mann. Als er dann vor 20 Jahren verstarb war ich alleine. Du bist seit gut 3 Jahren meine erste Besucherin."

Ich schaue sie traurig an. Und umarme sie ohne etwas zu

sagen.

Sie drückt mich fest an sich. "Ach weisst du so schlimm ist das gar nicht. Ich habe durch dich eine feste freundin auch wenn du selten zu Besuch kommst kann ich jeden Tag mit dir schreiben und diese unterhaltungen sind herzerfrischend für mich." sagt sie mit einem Lächeln.

Ich lächle zurück, die Stunde jeden Tag in der ich die Welt so unbeobachtet lasse hat wegen Menschen wie ihr einen tieferen Sinn. "Danke für deine Wertschätzung." sage ich dann und schenke ihr mein fröhlichstes Lächeln.

Da sehe ich auf einmal ein Leuchten aufblitzen hinter dem Fenster. Ich hebe voller Panik meinen Arm in ihre Richtung und beginne einen Fächer auszuschlagen doch zu spät.

Ein gigantischer Blitz schlägt in die Wand ein, Trümmer aus Steinen Holz und der Küchenplatte fliegen uns entgegen. Ich sehe alles in Zeitlupe und suche panisch nach einer Lösung um sie zu Retten. Ich schlage Mit meiner Faust einen Grossen Trümmer von ihrem Gesicht weg und breite meinen Fächer weiter aus. Doch es wird niemals reichen. Ich sehe wie der brennende Blitz durch die Wand schlägt an meinem Arm und gesamten Körper heiss einschlägt und schliesslich ohne dass ich irgend etwas dagegen tun Könnte die Beine von ihr erreicht. Sie schaut immer noch glücklich in meine Richtung. Kein Zucken keine Wimper von ihr bewegt sich. Sie kennt solche Momente aus dem Krieg. Sie ist wohl wirklich innerlich zu alt um sich noch gegen den Tod zu stemmen. Die Zeitlupe bricht. Ich werde über Caprice gedrückt. Schliesse meine Arme um sie und Fliege mit ihr durch die hintere Mauer. Ich schaue sie an. Immernoch lächelnd wie ein Blatt im Wind fliegt sie mit mir quer durch den Nächsten Raum. Erst als ich mit dem Rücken gegen die Hintere Wand pralle und sie gegen mich gedrückt wird verzieht sich ihr Gesicht im schmerz. Ich sitze auf dem Boden Nur noch ihren Oberen Körper in der Hand. Meine gesamte äussere Schicht die von dem Blitz getroffen wurde qualmt und stinkt verbrannt. Ich halte sie und versuche sie irgendwie aufmunternd anzuschauen während mir Tränen in die Augen ströhmen und auf sie fallen. sie spuckt mir nur eine Ladung blut entgegen und flüstert ein letztes mal. "Ist gut, Kämpfe für dich." Dann stirbt sie in mienen Armen.

Ich lege ihren Halbierten blutenden Körper weinend auf den Boden. Und schaue durch das Loch. Sofort beginnt mein Verbrennungszyklus zu explodieren als ich die Wut zu fühlen beginne. Meine aussenhaut beginnt zu glühen. Ich sehe nur noch durch einen Tunnel aus roten Flammen.

Farris steht am Rand von meinem Sichtfeld und lässt gerade den Besen fallen. Der kleine beginnt blau zu glühen als er die Tote Frau sieht und von meiner Wut angesteckt wird. Kurz darauf wird auch in Farris durch meine Wut Energie geweckt und er schaut zu dem Loch.

Ich springe auf und schlage meine Füsse an die Wand hinter mir, die eh schon gerissene Mauer gibt nach und fliegt in die entgegengesetzte Richtung wie ich.

Als ich durch das Zweite loch nach draussen fliege verliere ich an Schwung mache einen sturzflug rolle auf dem Boden ab wobei ich spüre wie meine Hitze das Gras sofort versengt und eine schwarze Spur hinterlässt. Ich renne auf den Gigantischen Metallpanzer zu der das Rohr schon auf mich ausgerichtet hat und schiesst. Gleichzeitig erschallt eine Metallische Stimme, "Ich bin Apocrypta der Tod der Apokalypse."

Ich gebe nur einen Unartikulierten Schrei von mir und springe dem Strahl entgegen. Ich fange den Blitz mit meinen Armen und schliesse ihn in ein Feld aus meiner Hitze ein und schleudere ihn zurück in die Richtung des Panzers. Der Blitz fliegt auf das Riesiege Rohr zu mit einem Lauten Knall und dem Platschen von geschmolzenen Metall wird es Zerstört. Ich lande auf meinen Füssen. Meine Arme qualmen und ich fühle mich erschöpft. Da fangen von der Seite an Geschütze auf mich zu Schiessen ich muss ausweichen Patronen aus Uranmunition schlagen neben mir ein und bringen den Rasen zum glühen. Ich ziehe mir wieder die Sägeblätter aus dem Bauch und werfe sie nach den Rohren. 8 erwische ich 2 schiessen ununterbrochen weiter. Ich muss weiter rennen. Und werde zwei mal getroffen. Ich reisse mir die Kugeln aus dem Körper und springe auf den Panzer zu reisse die letzten beiden Rohre aus. Da schlägt auf einmal ein Elektronischer Impuls mir entgegen und ich erzittere am ganzen Körper. Ein EMP. Ich springe auf den Panzer zu und reisse bevor er ein Weiteres mal etwas abfeuern kann die Einstigsluke auf, beuge mich darüber.

Und sehe nur eine Rot leuchtende Schrift, auf der steht, "Hab dich." und ein Rohr das in dem Moment auf mich schiesst. Eine Spritze schlägt mihr in den Hals ein. Ich reisse sie sofort heraus, leer sehe ich. doch dann scheint auf einmal die Gesamte welt zu vibrieren. Ein knistern durchfährt mein Erscheinung. Ein pulsieren dröhnt in meinem Schädel ich halte mir die Hände an den Kopf und schreie. Ich greiffe mir an den Hals und fühle, fühle eine eiskalte Träne daran haften. Ich schlage mir Panisch die finger in den Hals und versuche sie heraus zu reissen, doch sinnlos.
"Na Schwester." ertönt in meinem Schädel eine knisternde kalte und hämische Stimme. "Ich hab dich und du wirst nun ein Teil von mir sein."
"Nein!" schreie ich.
"Oh doch." sagt sie und lacht eiskalt. "ich habe mehr von dem Was mich ausmacht in diese Träne gepackt als du jemals ertragen könntest." Da sehe ich bilder von gefolterten Menschen Kindern, zerstückelte Körper. Väter die ihre Kinder schlagen. Flüchtlingsschiffe die von Kanonen in Stücke gerissen Werden. Bilder von lachenden dicken

Menschen die auf verhungernde mit dem Finger zeigen und sich Nahrung vor ihnen Augen reinschmeissen.

"Nein!" sage ich weinend und breche auf die Knie.

"Nein, bitte lass das, wieso tust du das, was soll das sein. WOFÜR!"

"Ach Schwester." er klingt eiskalt und triezend während er weiter Dinge vor meinen Augen aufblitzen lässt die alles Böse dieser Welt zeigen. "Weisst du denn nicht dass Schadenfreude die schönste freude ist. Lass es mich dir Zeigen."

Ich schreie weiter doch ich kann mich vor nichts schützen. Und fühle wie sein wahnsinniges Gelächter in meinem Hals zu wachsen beginnt.

Da werde ich zur Seite gerissen. Farris spüre ich. Ich will mich gerade entspannen da Spüre ich wie aus meinem Arm eine Klinge wächst ich reisse meinen Arm zur seite und als wir aus dem Boden auflschlagen schaut mich Farris mit Rot leuchtenden Augen an. Auch er sieht die Dinge doch er scheint sie besser zu ertragen als ich. Ich versuche meinem Bruder nicht nachzugeben als er versucht meinen Körper gegen Farris handeln zu lassen. Ich verdrehe meine Augen doch kann mein bewusstsein nicht vor seinem einfluss abschirmen und beginne unkontrolliert zu Zucken. Da springt der Kleine über uns drüber und drückt mich sofort auf den Boden. Seine Augen sind noch grün. Anscheinend schirmt ihn etwas von den Bildern ab. Farris Augen glühen mittlerweile unheimlich Rot und dann schlägt er mit voller wucht die Hände in meinen Hals und reist mit seiner gesamten Kraft an der Träne.

Was mir nicht möglich war gelingt ihm und mit einem grossen stück von meinem Hals reisst er sie hinaus und schleudert sie davon. Ich sacke auf den Boden und verliere mein Bewusstsein. Das letzte was ich Spüre ist der Körper von Farris der auf mich drauf fällt.

Farris
Kapitel 17

Ich wache auf. und schaue auf das schlafende Gesicht von
Farris. Ich fühle an meinen Hals und spüre dort nur meine
glatte Oberfläche. Ich habe seit Jahrzenten nicht mehr das
Bewusstsein verloren. Das letzte mal war eine Wasserstoff
Bombe der auslöser. Diesmal nur ein kleiner Kalter Tropfen.
Ich fröstle, dann lege ich meine Hand auf die Wange von
Farris und streichle sie zart und fühle dabei seine Wärme.
Ich rücke etwas näher an ihn heran und lege meine Arme
um ihn. Wir liegen nun ganz nahe unter der selben Decke
gelegt. Mir ist alles um mich herum egal und ich versuche
die Bilder auszublenden die immernoch im Hintergrund
meines Unterbewusstseins toben.
Ich gebe Farris einen zarten Kuss auf die Lippen, und fühle
wie dadurch das Rauschen in meinen Ohren abnimmt. Er
verzieht kurz die Lippen doch drückt sich dann im schlaf
näher an mich heran.
Ich beginne zu lächeln und spüre wie in mein Rechtes Auge
eine Träne steigt. Er hat mich gerettet, er hat mich
beschützt. Er hat sich aufgeopfert und mir geholfen und
dabei alles getan um seinen kleinen Freund zu beschützen.
Ein wahrlich guter Mann. Ich schliesse die Augen und rieche
seinen Atem und geniesse die Wärme die von seinem Körper
ausströhmt.

Da poltert auf einmal etwas neben mir ins Gras ich springe
auf schleudere dabei die Decke weg und drehe mich um,
wobei mein Kopf zu dröhnen beginnt und mein Sichtfeld
verschwimmt
"Ich dachte eigentlich dass du zurückhaltend bist." höre ich
eine freundliche Stimme sagen. Aber ich sehe nicht von
wem und beginne nach hinten zu Fallen.

Der Mann fängt mich auf, sein roter Rauschebart streift meine Nase dabei.

"Na na, mach etwas langsam. Anscheinend bist du etwas mitgenommen." Es ist, Ezhno(Der Kleine ich nenne ihn ab jetzt so).

Ich höre ein leises Grummeln von Farris. Er beginnt sich hinzusetzen und reibt sich seinen Kopf.

Ich winde mich aus den Armen von Ezhno und stehe wankend auf meinen Füssen. Und sage stockend. "Du hast nichts gesehen."

"Jaja," sagt farris immernoch grummelnd, "Er hat nichts gesehen und ich hab nichts gespürt." dann schaut er mich mit einem zusammen gekniffenen Auge an. "Du kannst deine Ehre also behalten."

Ich stelle mich aufrecht hin und stemme meine Hände in meine Hüfte, "Du Arsch, ich dachte du schläfst."

Er grinst mich an und sagt, "Und ich dachte du hörst auf wenn ich mich bewege."

Ich stosse ein lautes und beleidigtes, "Phü!" aus und will mich umdrehen und weglaufen wobei ich aber schon wieder das gleichgewicht verliere und Ezhno mich wieder auffangen muss. Ich wehre mich dagegen und falle auf meinen Hintern.

"Ach dann halt nicht!" sagt er und verwirft die Hände und dreht sich zu dem Holz um das er gesammelt hat und beginnt ein Feuer zu machen.

"Da will man nur nett sein zu dir und das kriegt man davon, blaue Flecken." sagt er und nestelt an dem Holz herum.

Ich verschränke nur die Arme und schaue beleidigt in den Wald hinein und beginne die Umgebung zu Beobachten. Wir sind auf einer Erhöten Position und durch das Blätterdach das uns beinahe Komplett bedeckt sehe ich weit weg eine kleine Stadt stehen doch die ist nicht die Stadt in der wir vorher noch waren.

"Wo sind wir," sage ich vorsichtig.

"Weit weg von der Gefahr. Hoffe ich zumindest." sagt Ezhno,

und fährt dann fort. "Ich habe ein Auto kurz geschlossen und uns dann zehn Stunden weit gefahren ich dachte ihr wacht früher auf aber als ihr nicht aufgewacht seid habe ich euch in diesen Wald hier gebracht. Keine Angst unterwegs habe ich unsere Spuren verwischt. Deine kleinen Käfer haben mehr verstand als du annimmst. Sie haben mich kurz nachdem du das Bewusstsein verloren hast kontaktiert und mir dabei geholfen einen Sicheren Ort zu finden und unseren Weg zu verschleiern. Er wird uns hier nicht finden. Zumindest die nächsten paar Stunden wird er es kaum schaffen ein weiteres solches Ungetüm auf uns zu hetzen." Farris setzt sich neben mich hin und schaut neben mir in die selbe Richtung wie ich. Ich mustere ihn aus den Augenwinkeln, er grinst immernoch. Ich knuffe ihn in die Schulter. Er knufft zurück. Ich schaue ihn schockiert an. <<Na warte>> denke ich und will auf ihn springen, verliere in der Bewegung aber schon wieder die Kontrolle und falle einfach auf ihn drauf. Er lacht fröhlich und drückt mich in einer Umarmung an sich. "Na kleine, weisst du ich hatte solche Angst um dich. Dass du dich kein Stück verändert hast ist eine Freude zu sehen." Dann küsst er mich stinkfrech auf die Lippen. Und ja, er stupst meine Lippen sogar mit seiner Zunge an.

Ich öffne meinen Mund schockiert und behrüre seine Zunge mit meiner. Ein heftiges Prickeln durchfährt mich und ich werde höchst erregt. Ich drücke ihn weg von mir und gebe ihm eine laut schallende Ohrfeige.

Dann drehe ich meinen Oberkörper weg von ihm und presse meine Beine zusammen. Und rufe wütend "Sei froh dass ich keine Kraft habe ansonsten würdest du das büssen."

Er lacht nur laut und lässt sich nach hinten fallen.

Ich würde es ihm gerne nach tun, aber mein Stolz, und die Tatsache dass meine erogenen Zonen, sprich Genitalien und Brustwarzen sichtbar geworden sind verbietet es mir.

Ich werde knallrot im gesicht. Besser gesagt ein Roter

schleier überkommt meine Wangen und meine gesamte Hautfarbe wird Menschlicher.

"Du Schwein." sage ich und Bedecke meine Blösse dabei.

Er blickt mich schräg von der Seite an. Und ich weiss genau dass er durch meine Kristalle die in seinem Körper stecken spürt was ich fühle und drehe meinen Kopf ruckartig zu ihm um und versuche böse auszusehen.

"Ich verbiete es dir so etwas jemals wieder zu tun." sage ich mit zittriger Stimme.

Er grinst mich weiter an, "Und doch sagt mir das Gefühl der Kristalle in meinem Körper das alles nach mir schreit und dass deine Wangen rot geworden sind ist auch ein klein wenig verdächtig Süsse."

Ich vergesse mich und springe auf die Beine und zeige mit dem Finger auf ihn, die andere Hand presse ich trotzig an meine Hüfte. "Ich will gar nichts bild dir nichts ein du Schuft."

Seine Augen werden gross und ich spüre wie sich nun auch etwas in ihm regt und als ich zuerst auf seine dicker werdende Hose schaue und dann an Mir herunter quicke ich laut auf. Und Presse meine Hände über mich.

"Mein GOTT!" kommt es von der Seite. "Wieso musste ich uns in einen Wald bringen. Ich geh spazieren. Ein Zimmer könnt ihr euch ja hier nicht nehmen." Mit diesen Worten steht Ezhno auf und läuft davon.

"Lass mich nicht mit dem Schwein allein." sage ich schwach.

"Wer von euch hier aufdringlicher ist, ist schwer zu beurteilen. Ich halte mich da raus. Tut halt die dinge die Erwachsene so gerne tun aber ohne mich daneben bitte." Und da verschwindet er schon mit erhobener Hand hinter dem Gestrüpp.

Ich setze mich mit dem Rücken zu Farris wieder hin und schaue in das nun knisternde Feuer und versuche meine Triebe irgendwie unter Kontrolle zu kriegen...

Ich sitze still da hände vor meinen Brüsten verschränkt und beide Beine zusammengepresst. Doch da höre ich schon wieder Farris Stimme. "Mir ist noch nie aufgefallen wie aufreizend du sein kannst." sagt er träumerisch.

"Das hilft mir jetzt keinesfalls weiter." Sage ich und werde noch roter im Gesicht.

"Es sollte nur ein Kompliment sein Süsse. Ich finde lediglich dass wir die Zeit zu zweit geniessen können, wer weiss wann das nächste mal der Tod auf uns treffen wird. Ich glaube kaum dass du so schnell sterben wirst aber ich bin immernoch weitaus zerbrechlicher als du." Sagt er wobei er gegen ende ernst klingt.

Ich reibe meine beine aneinander und sage dann, "Ich werde euch beschützen so lange ihr noch zu mir hält. Ich mag euch wirklich, vielleicht auch viel zu sehr. Doch ich werde nicht zulassen dass jemand euch mir wegnimmt."

Ich höre wie er aufsteht und zu mir läuft. Ich sitze starr da und bewege mich nicht mehr. Er setzt sich neben mir hin und legt einen Arm um mich. Ich spüre ein prickeln als er meine Haare und meine Schulter berührt. Es fühlt sich herrlich an.

"Weisst du, auch wenn das überleben sehr wichtig ist. So finde ich es noch wichtiger dass wir schöne Momente geniessen können. Lass uns doch daraus einen schönen Moment machen und einfach die Natur geniessen." Sagt Farris und legt seinen Kopf an meinen.

Ich spüre seine Ruhe doch durch seine Nähe werde ich noch aufgewühlter und spüre wie alles innerlich an mir zu reissen beginnt. Ich drehe meinen Kopf zu ihm um, er dreht seinen gleichermassen und schliesslich schauen wir uns Stirn an Stirn in die Augen. "Ich liebe dich." Sage ich langsam, und der Satz kostet mich endlose Überwindungskraft.

Er lächelt mich an, "Ich liebe dich auch, mein Engel." Dann bewegt er seinen Kopf unsere Nasen streiffen sich, dann berühren sich unsere Lippen. Ich schliesse meine Augen nicht sondern schaue fest in seine Ich sehe wie die blauen Streifen ins seiner Iris hell zu leuchten beginnen und fühle wie sich meine Brust erwärmt. Dann neige ich meinen Kopf zur Seite löse meine Arme von meinen Brüsten und lege sie um seinen Körper sanft drücke ich ihn näher zu mir. Diesmal öffne ich als erste die Lippen und gleite mit meiner Zunge sanft hindurch und berühre seine. Wieder ein unvorstellbares Prickeln doch ich löse mich nicht von ihm, und fühle wie die Sucht nach seinem Körper stärker wird. Ich drücke ihn nahe an mich bis meine Brüste gegen seine Starke Brust gedrückt wird. Wir lassen uns zur Seite fallen und ich drehe mich dabei über ihn und sitze dann mit gespreitzten beinen Auf seinen Bauch. Sanft reibt meine innerlich knisternde erogene Zone an seiner Hose. Ich öffne behände und zärtlich die Knöpfe an seinem Hemd. Und ziehe es ihm über den Kopf. Er lächelt mich dabei verzückt an und zieht mich anschliessend wieder auf sich. Ich reibe meine Brüste an seinem Oberkörper währenddem wir uns wieder innig Küssen. Unsere beiden Körper beginnen Blau zu leuchten voller Energie spüre ich ein sanftes knistern als ich mit der einen Hand nach unten Fahre den Gurt öffne und den Knopf daran löse. Mein innerlicher Hunger wird nur von dem Wohlgefühl nach ihm übertroffen. Unsere Zungen streifen aneinander vorbei und erkunden die Mundhöle des Partners. Ich streichel ihm sanft über die Schwarzen Haare und greiffe dabei langsam in seine Hose hinein. In der schon sein Gemächt aufgerichtet auf meine berührung Wartet. Ich streichel sanft darüber und fühle wie ein Lusttropfen meine Hände berührt. Ich löse mich von ihm und helfe ihm dabei die Hose auszuziehen. Dann fallen wir uns wieder in die Arme. Meine hell leuchtende Vagina ist von einer endlosen

Wärme durchflutet und er beginnt seine Hüft etwas nach oben zu drücken und wir berühren uns, er hart ich weich. Ich lechze lustvoll nach seinen Lippen und drücke mich ihm entgegen, er tut es mir gleich und beginnt mit einer Hand meine Seite zu streicheln. Ich erschauere und beginne mich noch mehr an ihm zu reiben.

Ich gniesse den Moment bis in die Unendlichkeit soll er mir im gedächtniss bleiben. Ich drück mich noch einen kurzen Moment an ihn dann löse ich mich aus dem Minutenlangen Kuss. Und richte mich aus. Langsam hebe ich sein Glied und setze mich genüsslich auf die Spitze. Her hebt die Arme zu mir hoch und umfasst meine Brüste, streichelt sanft um meine Nippel herum und lächelt mich verliebt an. Ich beginne sanft mich herab zu senken und geniesse das Gefühl des gedehnt werdens. Die wärme von meinem Inneren erfasst sein Glied und er schliesst die Augen dabei. Ich bewege mich wieder langsam nach oben und umfasse mit meinen Armen seine die immernoch meine Brüste liebkosen.

Langsam aber stetig beginne ich schneller zu werden immer tiefer lasse ich ihn in mich eindringen und geniesse das Gefühl erfüllt zu sein. Der Wunsch ihn zu fühlen war so stark, und doch wollte ich es mir verbieten. Doch das ist nun vergessen. Ich senke meinen Oberkörper nach einer Weile ihm entgegen, doch höre nie auf mich zu bewegen

Kapitel 19 Seelenfeuer

Halt denke ich. Ich schliesse die Augen verschliesse mein Herz. Rieche noch in der Visionären erinnerung dann öffne ich auf einen Schlag meine Augen. Ich siehe alles ganz genau. Das Gras die Käfer die darin kriechen seine geschlossenen Augen die gerümpfte Augenbraue seine Haare ich rieche die Ausdünstungen aus seinen Poren ich Sehe das Blaue Pulsieren seines von mir Modifizierten

Herzens.

Ich reisse meinen Oberkörper Hoch und reisse An den leinen Meiner Existenz ich kriege Panik. Ich fühle seinen Hunger. Seine Lust nach mir. Ich spüre die Angst. Die Angst von etwas in meinem Herzen das neu ist.

Ich spüre Furcht ich spüre verzweiflung ich spüre Hoffnungslosigkeit. Ich sehe Bilder von verzweifelten Frauen Mädchen, Ich. Sehe. Alle.

Innerlich schreie ich auf Äusserlich verzieht sich der Kern der Wahrheit ein Stück. Ich Schlage meine Fäuste in den Boden und schaue in das erstarrte Gesicht meines Liebhabers.

Ich schaue ihn an, doch das ist nicht was ich sehe. In meinem Herzen Toben die Bilder, noch viel mehr als ich jemals an mich rangelassen habe.

Keinen Moment hört der strom auf ich ertrage es zwar aber ich scheine gefangen. Alles um mich herum scheint eingefroren.

Ich schreie wieder aber aus meinem Mund kommen keine Geräusche.

In meiner verzweiflung verliere ich das bewusstsein und falle nach unten. Ich schlafe nicht ein ich habe eher das gefühl als würde ich sterben.

Da höre ich auf einmal einen Knall. Ich werde aus der versenkung des Todes gerissen und mein bewusstsein Wacht wieder auf und ich schaue auf ein Raschelndes Gebüsch hinter dem Grad der Rotbärtige Junge verschwindet.

Schaue auf die Seite in die Augen von Farris und höre eine flüsterleise eiskalte Stimme.

<<Wir sind nun verbunden>>

Ich springe auf und schaue Farris schokiert an.
Dann höre ich ein Schneidendes Pfeiffen und fasse mir an den Kopf und verziehe das Gesicht.

"Ich muss hier weg" sage ich nur drehe mich um und laufe
Mir zu Fäusten geballten Händen Weg.

<Farris> Denke ich mir leise, <Farris bitte beschütze mich>
Flüstere ich noch leiser als ich ausser hörweite bin.

Ich breche zusammen und weine bittere Tränen. Ich fange
an zu Zittern, ich hatte den Tod gefühlt. Den Tod den Er
verbreitet.
Eiskalt schneidend Schabend Fressend.
Ich fühlte mich geschunden und geschändet doch ich Fühlte
einen neuen Drang in mir.

Den Drang am leben zu bleiben.

Den dieser Drang steckte in allen Erinnerungen die er mir
vorgeführt hat.

Ich spürte den Drang der Geschundenen Geister am leben zu
bleiben.

Und ich wollte es ihnen gleich tun.

Diesmal nicht als Engel.

Doch als geschundenes Wesen das zwischen Himmel und
Hölle wandelt wie die Menschen auch.

Ich war vielleicht nicht an ihre regeln um zu leben gebunden.

Doch etwas verband mich immer Mit den Menschen.

Und das war das Fühlen.

Ich biss auf meine Zähne.
Ich löste meine Nassen Finger von meinem Gesicht.

Stand auf und schaute in den Himmel hinauf.

Ich hatte einen Feind.

Einen Feind der schon seinen Finger in einer Meiner Wunde vergraben hatte.

Einen Feind der mehr über mich wusste als ich über ihn.

Einen Feind der Mich in die Hölle stecken konnte.

Ein schiefes Grinsen bildet sich langsam in meinem Gesicht.

Einen Feind den ich Hassen durfte.

Das erste Lächeln wird breiter bis die lippen sich voneinander Lösen und ich mit gefletschten Zähnen grinsend an die Bilder Denke die in mein Herz gebrannt waren.

An die Schmerzen denkend die Ich fühlen werde.

Und die Leuchtenden Flammen meiner Seele glühen Hell als ich an die Freude Denke wenn ich ihn töten darf.

Kapitel 20 Abschied

Auf einmal steht an meiner Seite der Mann mit dem ich vorhin in einem Gedankengang, der durch die verwirrung meiner Emotionen und den Riss in der Realität des Roten Tropfens verursacht wurde, Sex hatte.
Er legt einen Arm um meine Schulter und hält mich fest.

Dann sagt er langsam, "Ich weiss zwar nicht was gerade in dir vorgeht so weit würde ich nicht gehen. Aber ich spüre den Aufrur in dir und die verunsicherung. Aber auch eine gewaltige Wut."
Er hält kurz inne und drückt mich etwas stärker an sich.
"Ich habe nur einen Eindruck bei dem Ich ganz sicher bin, Nähmlich dass du nun weisst was du tun wirst und wir dich davon nicht abhalten können."

Ich nicke nur. Schaue auf den Boden wo meine geweinten Tränen langsam wieder in meine Füsse fliessen. Dann schaue ich hoch in den Himmel. Er ist blau, lediglich einige cumulus Wolken gleiten langsam über den Himmel.
"Ich weiss nun dass ich gehen werde. Ich werde kämpfen, wie früher. Wie vor jahren habe ich wieder einen Feind den sich zu bekämpfen lohnt. Ich will euch nicht in zu Grosses Risiko bringen. Und ich würde auch mich selbst sofort für euer Leben opfern deswegen werde ich jetzt gehen."
Sage ich in klarem Tonfall ohne ein Zittern in der Stimme.

Er schaut mich traurig von der Seite an sagt aber nichts doch seine Finger verkrampfen sich ein wenig bei dem Gedanken wieder von mir getrennt zu werden.

Mir steigen wieder Tränen in die Augen doch ich bleibe Standhaft.

"Weisst du wir werden einander nicht verlieren. Wenn du überlebst werde ich es auch. Ich komme zurück wenn der Feind der so viel weiss und so viel Macht besitzt besiegt ist. Ob tot oder verbannt er wird seine gesamte Macht verlieren oder mich töten müssen."

Er schüttelt den Kopf un hebt eine Hand an meine Wange

und dreht mein Gesicht zu seinem.

"Ich werde sicher nicht nur Beten!" Sagt er mit vollkommener Überzeugung in der Stimme.

"Du wirst es schon wissen aber ich sage es dir trotzdem. Wenn du mir keine Aufgabe gibst bei der Ich dir Helfen kann werde ich dir Folgen ich werde nicht mehr von deiner Seite weichen egal was du sagst. Ich kann es nicht verstehen was mit dir los ist gerade waren wir uns so nahe ich habe es gespürt ich hatte sogar eine Art vision die nach dir roch. Die sich nach deinen Gedanken anfühlte. Sie war nur ein Kurzes aufblitzen doch wir waren wirklich vereint.
Doch dieser Moment, der ist vorbei, geschehen und nicht mehr erlebbar. Ich könnte weinen wenn ich mir vorstelle dass du ohne mich gehst einen Mann oder dir ähnliches Wesen zu besiegen ohne irgendwelches Wissen was dir passieren wird.
Ich will dich nicht verlieren. Ich will nicht mehr ohne mich sein.

Ich bin süchtig nach dir geworden. Du bist mein Lebenselixier jetzt es fliesst durch meine Vehnen, Schau!"

Er hebt seinen Arm zieht einen Ärmel hoch und ich sehe die Blauen flüsse die sich durch den Arm ziehen und leicht pulsieren durch seine Aufregung.

"Du bist in mir du hast mich stärker gemacht als ich es mir jemals hätte vorstellen können. Aber wenn du jetzt gehst und stirbst wünschte ich mir wir währen uns nie begegnet denn diese Liebe diese Verbundenheit die ich mit dir fühlte. Werde ich dann nie mehr haben können."

Er beginnt zu weinen und greift mich an den Schultern und

drückt mich an sich. "Du kannst mich nicht verlassen einfach so. Ich nehme alles hin, ich krieche für dich durch die tiefste gosse schlage mich mit jedem Monster. Ich würde für dich töten aber bitte. Bitte geh nicht einfach weg."

Ich schlucke leer und schaue an ihm vorbei und sehe wie der Junge mit Rotem Bart an den Baum gelehnt steht und wie die Finger seiner Verschränkten Arme tief in seinen Oberarm gegraben sind.

Ich denke an die Menschen die ich an mich gebunden habe. Ich habe sie süchtig gemacht. Ich habe aus lust und liebe gehandelt doch nun habe ich 2 Menschen die ich weder Opfern noch wegschicken will oder kann. Ich erstarre und versuche irgend eine Lösung zu finden irgend einen Ort irgend eine Hilfe.

Dann lege ich meine Arme um den Weinenden Farris und drücke ihn einmal fest an mich.

"Ich werde erst einmal mein Lied singen um meine Welt nach unterstützung zu fragen." sage ich ihm leise ins Ohr.

"Geh zu deinem Jungen, deinen Sohn, und sage ihm dass wir das schaffen werden. Wir werden uns nicht mehr verlieren immerhin habe ich jetzt euch als meine Familie. Ich werde euch Garantiert nicht mehr verlassen."

Dann gebe ich ihm einen Kuss auf die Wange und die Tränen versiegen. Er schaut mich an wie ein trauriges eingeschüchtertes Tier.
Ich küsse ihn auf den Mund und stupse kurz bevor wir uns lösen Mit meiner Zunge seine Lippen an.

Das war die letzte Berührung die wir uns geben konnten.

Doch auch wenn sich unsere Wege für immer trennten sollte ich ihn für immer in meinen Gedanken behalten.

^^ owo

<3 uwu

hehehe